작별

국립중앙도서관 출판시도서목록(CIP)

작별 / 정이현. – 서울 : 마음산책, 2007
　　p. ;　　cm

ISBN　978-89-6090-025-7 04810 : ₩8000
ISBN　978-89-6090-026-4 (세트)

814.6-KDC4
895.745-DDC21　　　　CIP2007003669

작별

정이현

마음산책

작별

1판 1쇄 발행 2007년 12월 10일
1판 2쇄 발행 2007년 12월 15일

지은이 | 정이현
펴낸이 | 정은숙
펴낸곳 | 마음산책

편집 | 이수영 · 최동일 · 이보현   디자인 | 김정현
영업 | 권혁준   관리 | 박해령

등록 | 2000년 7월 28일(제13-653호)
주소 | 서울시 마포구 서교동 395-114 (우 121-840)
전화 | 대표 362-1452   편집 362-1451   팩스 | 362-1455
홈페이지 | http://www.maumsan.com
전자우편 | maum@maumsan.com

종이 | 화인페이퍼
인쇄 · 제본 | 한영문화사

ISBN 978-89-6090-025-7 04810
       978-89-6090-026-4 (세트)

그리고 해가 완전히 사라졌으나 달은 선명해지기 전에

그곳을 혼자 걸어나왔다

어떤 책은 덮고 난 후에 더 가까이 사귀게 된다. 작별하고 나서야 한 사람을 더욱 깊게 이해하게 되는 것처럼.

상처받고 싶지 않은 마음과 상처받을 수밖에 없는 현실이 맞부딪칠 때, 나는 책을 읽는다. 철저히 외로워지도록. 내 안에 꽁꽁 유폐된 나를 아무도 발견할 수 없도록. 그리하여 어떻게도 훼손하지 못하도록.

수많은 '당신'을 만난 것도 책이었고, 수많은 '당신'을 떠나보낸 것도 책이었다.

한 편의 글을 쓰기 위하여 어쩌면 백 편의 글을 읽었다. 백 편의 글을 읽었다는 건, 백 명의 당신들을 떠나보냈다는 의미이기도 하다. 허공으

로 흩어진 작별인사 뒤에 당신들은 내 안으로 뚜벅뚜벅 걸어 들어왔다.

여기, 문학하는 자로서의 자의식이 담긴 글 편과, 타인이 쓴 책들을 훔쳐본 뒤 느낀 단상을 모았다. 이것으로 내가 누구인지 증명할 수는 없을 것 같다. 그러나 이 책을 덮은 독자가 문득 나직한 '안녕'을 읊조리고 싶어진다면, 당신에게 나도 당신이 될 수 있다면, 그걸로 족하다.

2007년 11월
정이현

차 례

외롭게

가득하게

어른스럽게

자연스럽게

사랑스럽게

뼈아프게

당혹스럽게

네가 작가가 될 줄은 정말 몰랐다고 편지를 보내온 옛 친구에게

아직 답장을 쓰지 못했다

외롭게

일본어 수업

모국어로 문학을 하는 것은 고통스런 쾌락이거나 행복한 좌절

일본어를 배우고 있다. 특별한 목적은 없다. 야심 찬 유학계획도, 특별한 여행계획도 가지고 있지 않다. 일본어 공부를 하고 있다는 말을 하면 열에 아홉은 묻는다. "왜 하필 일본어인가요?" 대답 대신 입꼬리에 어설픈 미소를 띠운다. "영어를 너무 못해서요"라고 횡설수설하기도 한다. 대개의 위대하거나 사소한 세상사가 그렇듯 결정은 우연히 이루어졌다.

지난여름 일종의 진공상태가 되어 널브러져 있었다. 아무 일도 손에 잡히지 않았고, 무엇을 하고 놀아도 즐겁지 않았다. 유난스레 징그러운 무더위 탓인지, 소설 탈고를 끝내고 갑자기 반백수 상태가 된 탓인지, 우물처럼 깊은 무기력의 원인을 당최 종잡을 수 없었다. 그즈음 우연히 같은 동네로 이사 온 친구를 만났고, 에어컨이 시원찮게 가동하는 동네 커피숍에 앉아 이런저런 수다를 떨던 중 우연히 '전혀 모르는 새로운

언어'를 공부하고 싶다는 데 의기투합했으며, 그 며칠 뒤 우연히 올케의 후배 중에 일본어 개인교습을 하는 이가 있다는 사실을 알게 된 것이다.

돌이켜보면 몹시 이상하지만, 그때 나는 아무런 망설임도 없이 그 일어 강사의 연락처를 받아 적었다. 반드시 그래야만 할 것 같았다. 올케후배의 전공이 일본어가 아니라 중국어였거나 스페인어, 그리스어, 인도네시아어, 아니 스와힐리어라고 했어도 별다르지 않았을 것이다.

히라가나조차 모르는 채로 첫 수업에 들어갔다. 나와 친구보다 다섯살 어린 일어 선생님은 밝고 긍정적인 성품의 소유자다. "못해도 부끄러워하실 필요없어요. 잘 못하는 게 당연하죠. 남의 나라 말인데." 그 말을 백그라운드 삼아, 일주일에 두 번씩 강습을 받기로 했다. 아이우에오, 카키쿠케코, 사시스세소, 나니누네노…… 뜻 모를 기호들을 나는 더듬더듬 외워나갔다.

처음 배운 문장은 '오하요 고자이마스'다. 선생님의 선창에 따라 어눌하게 입술을 움직거렸다. 오하요 고자이마스! '오하요'가 '안녕'이라는 뜻이고, '고자이마스'가 '하십니까'라고 했다. 안녕하십니까? "일본어에서는 의문부호를 거의 쓰지 않아요." 선생님이 설명하자 옆자리의 친구가 고개를 끄덕였다. 나는 당황했다. 어쩔 수 없이, 내 몸 속의 의문문들이 떠올라 흘러갔다.

'~할까' 혹은 '~하는가'처럼 의문형으로 끝나는 문장을 써야 할 때

나는 늘 오래 머뭇거려왔다. '이제 정말 가봐도 되겠지요?' (소설 「순수」 중에서)라는 그 짧은 문장을 완성하기 위해 몇 차례나 물음표를 붙였다 떼었다 하였던가. 진술하는 화자의 내적 다짐을 강조하고 싶었는데, 그러려면 물음표가 있는 쪽이 나은지 없는 쪽이 나은지 판단하기 어려웠다. 물음표 대신 느낌표를 넣어보기도 했고 말줄임표를 넣어보기도 했다. 부호 하나에 따라 문장 전체, 더 나아가 작품 전체의 미묘한 뉘앙스가 변할 수 있다고 믿었다.

노트 위에 삐뚤삐뚤하게 쓰인 히라가나와, 동그란 물음표를 한참이나 들여다보았다. 볼펜심으로 뭉개듯 그것을 지우고 마침표를 새겨넣었다. 안녕하십니까. 사무적인 첫인사다. 상대의 안부를 진심으로 궁금해한다기보다, 머무적대지 않고 바로 본론으로 진입하기 위해 가장 효율적인 도입부를 선택한 느낌.

"자, 한 번 더 따라해 주세요. 오하요 고자이마스." "오하요 고자이마스." 익숙한 척 나는 애써 커다랗게 발음했다. 미지의 언어와, 그렇게 첫인사를 나누었다.

교재는 시사일본어사의 『신개념 일본어』. 각 장마다 일상회화가 앞에 배치되어 있고, 뒤쪽에는 새로 나온 문법표현이 설명되어 있다. 5장의 핵심은 '이마스'와 '아리마스'의 구별이다. 나는 어머니가 있습니다. 와타시와 하하가 이마스. 나는 사과가 없습니다. 와타시와 링고가 아리마센. 사람이나 동물처럼 움직이는 물체에는 '이마스'를 사용하고, 사물이나 식물처럼 움직이지 않는 것에는 '아리마스'를 사용한단다.

선생님이 질문한다. "자, 이 책상 위에는 무엇이 있습니까." 콧등을 살짝 찡그리며 나는 책상 위를 새삼 훑어본다. "책과, 전화기와, 컵이 있습니다." "잘했어요. 그럼 이 방 안에는 누가 있습니까." "선생님과, 친구와, 내가 있습니다." 선생님이 내 어색한 문법을 교정해 준다. "아니. 아리마스가 아니라 이마스. 처음부터 다시 한 번 해보세요." "센세도, 토모다치도, 와타시가……" 나는 더듬더듬 혀를 움직인다. 머리와 입을 일치시키기 위하여 온 힘을 다한다. "……이마스." 선생님과 친구와 내가 있는 방 안에 고요한 평화가 깃든다.

일주일에 두 번뿐이지만(어쩌면 일주일에 두 번뿐이라서, 일지도 모르지만) 규칙적으로 하는 일이 있다는 것은 확실히 일상에 활력을 부여해 준다. 과거부정형과 동사변화들을 익히는 동안, 끝날 것 같지 않던 여름이 지나고 찬바람이 불기 시작했다. 그리고 나는 여름 내내 숨통을 짓누르던 무기력증으로부터 서서히 벗어나고 있었다. 현실에선 여전히 심신을 어지럽히는 크고 작은 사건들이 일어났다 사라지곤 했지만, 일본어 수업 시간과 예습, 복습 시간 동안만큼은 나직한 동산에 선 한 그루 포플러나무처럼 마음이 편안했다.

일본어의 99%는 (내가) 알지 못하므로 (내게) 존재하지 않는 것이다. 1%의 우주 안에서, 나는 책과 전화기와 컵의 안부에만 집중하면 된다. 책과 전화기와 컵이 아닌 것은 이곳에 없으므로. 책과 전화기와 컵이 전부인, '있다'와 '없다'로 이루어진 세계. 그 단순하고 제한적인 질서가 나를 안심시켰는지도 모르겠다.

언젠가 '애니어그램'이라는 이름의 테스트를 한 적이 있다. 한 개인의 성격적 특성을 유형화하여 정리해 놓은 것인데, 내가 4번 유형이었는지 5번 유형이었는지 헷갈린다. 다만 테스트 결과를 읽으면서 고개를 주억거렸던 일만은 또렷하다. 당신은 이런 사람입니다, 라는 명료하고 권위 있는 명명 앞에서 끽 소리도 하지 못했다. 그때 느꼈던 감정도 일종의 안도감이었다.

이 세상 모든 사람들의 성격이 딱 아홉 가지로 나뉘어 있다니 얼마나 다행인가, 싶었다. 도무지 속내를 모르겠는 이도 실은 저 중에 하나일 뿐이라는 확신이 들자 허출했던 속이 든든해지기까지 했다. 세상이 그렇게 심플하게 구성되었으면 좋겠다는 데에서 비롯된 환상 섞인 바람일지라도.

언어가 없으면 관념도 없다. 구현되지 않은 말은 아무것도 정의하지 못한다. 정의되지 못한 관념은 암흑이다. 암흑의 평안을 택할 것인가, 태양 아래 까발려진 오욕칠정의 혼돈을 택할 것인가. 이따금 어둠 속에 침잠하는 시간이 필요하다는 것을 나는 이제 안다.

9장의 포인트는 비교급이다. '~와 ~ 중에서 무엇이 더 좋습니까'라는 질문 앞에 맞닥뜨려야 한다. 선생님이 내게 묻는다. "책상 위의 책과 전화기와 컵 중에서 무엇이 더 좋습니까." 그런 식의 물음 앞에 서기 전에 책과 전화기와 컵은 동등한 물건이었다. 가치판단을 내릴 까닭이라곤 없는.

냉정한 심판자의 시선으로 책과 전화기와 컵을 번갈아 바라본다. "혼노 호우가 스키데스." 어휘의 확장은 사고영역의 확장으로 이어지고, 책을 좋아한다고 밝히는 순간 전화기와 컵은 권력서열에서 배제된다. "나는 초록색을 좋아합니다." "중국 음식보다 일본 음식이 더 맛있습니다." "서울에서는 명동이 가장 번화합니다만, 나는 그곳을 좋아하지 않습니다." 조금 전까지 (내게) 존재하지 않았던 문장들이 만들어지고 입밖에 내는 순간부터 (나는) 그것을 감당해야 한다.

나의, 한국어에 대하여 생각한다. 엄마는 태내의 아기에게 틈나는 대로 말을 걸었다고 한다. 하늘 색깔이 예쁘지? 그 말을 알아듣고 내가 턱을 아래위로 흔들었던가. 다정한 지지를 보냈던가. 기억나지는 않지만, 엄마의 목소리는 그 형식과 의미를 분리할 새도 없이 탯줄 속으로 스르르 스며들었다. 모국어는 그래서 모국어다.

모국어로 문학을 하는 것은 고통스런 쾌락이거나 행복한 좌절이다. 배냇저고리의 달콤한 젖비린내와, 시속 200km로 달리는 고속열차의 차가운 쇳내가 계통 없이 뒤섞여 흔들리는 한가운데에, 오도카니 서 있어야 하는 것이다. 황금왕궁을 두고 나온 거지왕자처럼 나는 언제나 말에 굶주렸으나 또한 말 속에서 질식할 것 같아 코를 움켜쥐곤 했다. 내 손으로 포획하여 가두어둔 언어들을 내 힘으로 감당하지 못해 낑낑거렸다.

언어가 없으면 관념도 없다는 것이 옳지 않은 명제는 아니지만, 문학에서의 언어는 관념의 틈새를 저만치 비켜나 있는 것은 아닐까. 어떤 거창한 이데올로기도, 지엄한 도덕과 윤리도 문학의 자리는 아니지 않을까. 문학이 꿈꾸는 것은, 관념 이전에 소통이 아닐까. 나와 당신의 소통, 나와 세계의 소통, 나와 나의 소통. 물론 그 소통들은 지구에 존재하는 문학가의 숫자만큼이나 각양각색의 무늬를 하고 있을 것이다. 아무것도 주장하지 않고, 아무것도 줄 세우지 않고. 국민총경제생산량에 별 도움도 되지 못하는, 물음표와 물음표 아닌 것을 치열하게 고민하면서.

『신개념 일본어』입문편이 거의 다 끝나간다. 언제까지 일본어 공부를 계속하게 될는지는 잘 모르겠다. 선생님은 내게, 언어에 대한 선천적 감각이 있는 것 같다는 칭찬을 해주었다. 유난히 귀가 얇은 나는 내친김에 2급 일본어능력시험에 한번 도전해 볼까 고민하다가 그만두었다. 평화의 시간이 억압으로 변할까 봐 두렵기 때문이다.

어제는 '원하다'라는 표현을 배웠다. "쓰메타이 비루가 노미타이데스.""시원한 맥주가 마시고 싶어요.""오카네와 아마리 호시쿠 아리마센, 지칸가 호시이데스.""돈은 별로 갖고 싶지 않아요. 시간을 갖고 싶어요."

내가 원하는 것과 원하지 않는 것, 나의 욕망과 욕망 아닌 것에 대하

여 뚜렷이 응시할 수 있을까…… 문학 안에서, 정말 그럴 수 있을
까…….

"지간가 호시이데스."

죽어도 나의 모국어가 될 수 없을 머나먼 언어를, 나는 허밍하듯 아
주 천천히 읊조렸다.

밸런타인

다시 자리에 돌아와 내게 남겨진 문제들을 천천히 풀어나갔다

밸런타인데이는 여자가 남자에게 사랑을 고백하는 날이다. 홍, 왜 겨우 일년에 하루뿐이야? 그러니까 원래 사랑고백이란 남자가 여자한테 하는 것이 '정상'이란 말이지? 이런 식으로 삐딱선을 타는 나 같은 인간에게 밸런타인데이의 특별한 추억 같은 것이 존재할 리 만무하다. (이렇게 단언하고 보니, 지나간 청춘의 시간들에게 왠지 미안해지지만, 아무튼.)

남자친구가 있을 때야 적당한 가격의 초콜릿이나 작은 선물을 준비하곤 했지만, 그마저도 '남들이 다 하니까'라는 이유에서였다. 돌이켜보면, 사랑에서뿐 아니라 모든 면에서 내 인생의 많은 일들이 바로 그 동인動因에 의해 이루어진 것 같다. 남들이 다 그렇게 하니까 나도 대학에 갔고, 남들이 다 그렇게 하니까 운전면허를 땄으며, 남들이 다 그렇게 하니까 지인들에게 간간이 안부용 문자메시지를 보내며 살아가

는 것이다.

남들 다 하는 것 같은데 나 혼자만 하지 않은 듯한 일에 대해서, 어쩔 수 없이 주눅이 드는 까닭도 그 때문이다. 뜨거운 사랑을 고백하고픈 남자가 없는 것이 죄는 아니건만, 온 세상의 커플들이 손에 손을 잡고 모조리 길거리로 쏟아져 나오는 밸런타인데이에 가능하면 외출을 자제하는 태도에서 소심한 자의 비애가 묻어난다.

대학 졸업식을 불과 며칠 남겨두지 않은 날이었다. 사회 속으로 첫발을 내딛어야 하는 그때, 내 명함은 '예비실업자'였다. 당장 눈앞의 내일이 불투명하고 막막하기만 했다. 달리 갈 곳이 없었으므로 거의 매일, 집 근처 도서관 열람실에 출석했다. 비슷한 처지의 학생들로 늘 바글거리던 열람실이 저녁 무렵이 되자 이상하리만치 고요해졌다. 그러거나 말거나 나는 영어문제집에 코를 박고 있었다. '대기업 입사시험 대비 3개월 완성'이라는 길고 슬픈 제목이 붙은 책이었다.

열람실 중간 중간, 크고 둥근 기둥들이 뿌리 깊은 나무처럼 단단히 박혀 있었다. 화장실 거울 앞에서 립스틱을 고쳐바르며 해사하게 웃는 여자들을 보면서도 오늘이 며칠인 줄을 몰랐다. 그녀들의 손에 들려 있던 앙증맞은 초콜릿 바구니가 비로소 밸런타인데이임을 깨닫게 해주었다. 그리고 나는 어떻게 했던가.

…… 아무것도 하지 않았다. 로비의 공중전화를 잠시 흘끗 훔쳐보았으나, 그 순간 보고 싶은 사람이 그곳에 없을지도 모른다는 정도는 알고 있었다. 다시 자리에 돌아와 내게 남겨진 문제들을 천천히 풀어나갔다.

도서관 폐관시간을 알리는 안내방송이 나올 때까지. 그리고 해가 완전히 사라졌으나 달은 선명해지기 전에, 그곳을 혼자 걸어나왔다.

피아노 콩쿠르

소설은, 무대의 이전과 무대의 이후에서 씌어진다

쉽게 수긍하기 어려운 과거는 누구에게나 있기 마련이다. 지금의 친구들은 일제히 비웃겠지만, 나도 한때 피아노 콩쿠르에 나간 적이 있다. 가나안피아노학원의 대표선수로!

각각 열 살, 여덟 살인 우리 남매와 함께 동네 피아노학원을 방문하면서 어쩌면 어머니는 기대에 부풀었을지도 모른다. 나중에 이 아이들이 외교관, 혹은 외교관의 배우자가 되어 전 세계 외교사절이 모이는 파티에 참석한다면 우리나라를 대표하는 애국가 정도는 멋지게 연주해야 하지 않을까, 애국가 정도는 멋지게 연주하도록 미리미리 피아노 강습을 시키는 것이 그 모친의 도리가 아닐까, 하고 말이다. 우리 남매가 외교관 비슷한 일을 하게 되리라고 진심으로 확신하셨는지, 어른이 되어서는 차마 여쭤보지 못했다.

새로운 일을 시작할 때면 언제나 그렇듯 나는 조금 흥분했으나 언제나 그렇듯 이내 시큰둥해졌다. 새로 온 남매 수강생 중 누나가 음악적 재능이 현저히 부족하다는 사실은 며칠 만에 판명되었다. 부족한 것은 재능만이 아니었다. 성실성과 근면성, 열정과 노력 등등 입신양명을 위해 필요하다고 간주되는 긍정적 가치들은 아마도 그 시절 내 것이 아니었을 것이다. 악보책이 든 샛노란 가방을 흔들며 동네 골목길을 가로지르는 기분은 꽤 근사했지만, 피아노와 소통하는 기쁨은 불행히도 그게 전부였다.

그러나 다행히도 피아노 선생에게는 미래의 천재 피아니스트를 양성하는 것보다 더 중요하고 바쁜 일들—흥해 가는 하느님의 사업과, 망해 가는 남편의 사업이 산적해 있었다. 뺀질대는 신입원생을 심하게 다그칠 만한 시간적, 정신적 여유가 없었다는 뜻이다. 어쨌거나 나는 일주일에 세 번씩 하굣길마다 피아노학원에 가야만 했다. 그곳에는 호루겔 피아노 두 대와 영창 피아노 두 대가 있었고, 무언지 모를 나른하고 달착지근한 향기가 고여 있었다. 약 십 분 간 새로운 곡을 바삐 가르치고 나면 선생은 연습을 지시하곤 어디론가 사라지기 일쑤였다. "피아노는 어차피 혼자 치는 거란다." 부인할 도리 없는 그 문장만이 아직도 귓가에 남아 있다.

선생이 나가고 나면, 야쿠르트를 쪽쪽 빨며 〈소년중앙〉이나 김동화의 만화, 조악한 번역의 아동판 코난 도일을 읽었다. 그러다 피곤하면 소파에 엎드려 얕은 잠에 빠지기도 했고, 동학同學들과 지난주 〈호랑이선생님〉의 내용을 놓고 격론을 벌이기도 했다. 정 심심할 땐 뚱땅뚱땅 피아노 건반을 두드리기도 했다. 피아노학원의 존재 이유가 반드시 피아노일 필요는 없다는 사실을 알게 된 거다. 그런 방식으로『바이엘』을 떼고,『체르니 100번』을 떼고,『체르니 30번』에 진입했다. 어느새 나는 열두 살이 되었다.

모 어린이 단체에서 주최하는 피아노 콩쿠르가 있다는 소식을 처음 들었을 때 당연히 무관심했다. 어떻게 그러지 않을 수 있었겠는가. 아이든 어른이든, 그것이 무능한 인간의 도리다. 그러나 운명이 꼭, 익숙한 표정으로 고개를 내미는 것은 아니다. 가나안피아노학원의 5학년부 대표선수로 콩쿠르 참가가 결정된 순간, 그저 얼떨떨했을 뿐 아연실색하지도 못했다. 실감이 나지 않았기 때문이다.

참가자로 뽑힌 아이들은 기뻐했고, 뽑히지 못한 아이들은 낙담했다. 노골적인 질시의 시선도 받았다. "내가 더 잘 치는데 왜 너야?" 눈물이 그렁그렁한 눈으로 그렇게 물어온 아이도 있었다. "나 역시 궁금해 죽을 것 같단다"라고 대답할 수는 없어서 "몰라"라고 했는데, 그것은 '잘난 척'의 한 사례로 둔갑하여 동학들의 입에 오르내렸다. 미치고 팔짝 뛸 노릇이었다.

바로 다음날 스파르타 식 맹훈련에 돌입해야 했다. 연습이 시작된 지 삼십여 분 만에 나는 건반 위에 이마를 박았다. 선생이 볼펜으로 뒤통수를 똑똑 두들겼다. 나는 고개를 들지 않았다. 내 이마빡이 건반을 뭉개며 연주하는 멜로디가 멀리멀리 울려 퍼졌다. "하기 싫어?" "……." "딴 애들은 자랑스러워하는데 너는 왜 그러니?" 이제와 짐작해 보면 나의 출전에는 아마도 선생의 '배려'가 개입되지 않았나 싶다. 피아노에 대한 열의라고는 손톱만큼도 없는 제자에게 어떤 집중의 계기를 마련해 주고 싶었는지도 모르고, 이 년째 다달이 적잖은 금액을 꼬박꼬박 바치는 학부모에게 최소한의 성의를 보여줄 필요가 있다고 판단했는지도 모른다. 중요한 것은, 내 실력에 대해 누구보다 선생이 잘 알고 있었다는 점이다. 선생은 나직하게 한숨을 쉬었다. "큰 거 바라는 거 아니다. 올라가서 틀리진 말아야 할 거 아니니. 망신 안 당하려면."

주말도 없는 연습이 계속되었다. 3학년 대표로 뽑힌 동생은, 잘은 모르지만, 그 혹독한 시간들을 나름대로 즐겁게 받아들이는 눈치였다. 집에 오는 길, 그는 허공에 대고 열 개의 손가락들을 마구 눌러댔다. 그 옆에서 나는 혀를 깨물어버릴까 말까 고민했다. 무대 위, 피아노 앞에 앉은 내 모습을 상상하기만 해도 헛구역질이 올라왔다.

어머니에게 공연한 신경질을 냈다. 콩쿠르를 위해 어머니가 준비한 옷이 마음에 들지 않는다는 치졸한 핑계를 둘러댔다. 흰색 세일러 칼라가 달린 파란색 원피스였다. "어린이 적십자단복처럼 보이잖아. 이걸 입고 올라가면 내가 적십자인 줄 알거야." "어떻게 똑같니? 다르지." "누가 똑같대? 그렇게 보인다는 거잖아." "그 옷이 아니면 된 거지. 웬 불만이 많아?" 어머니는 내 말을 절대로 이해하지 못했다.

대회장은 남산 언저리의 사립 국민학교 강당이었다. 갖가지 아이스크림 색깔의 레이스들을 치맛단에 층층이 두르고 온 경쟁자들을 보자 어쩔 수 없이 주눅이 들었다. 어린이 적십자단복 모조품 같은 밋밋한

원피스를 벗고 소공녀풍 레이스 드레스로 바꿔 입는다 해도 떨쳐버리지 못할 감정이었다. 아침 아홉시에 시작된 대회는, 오후 늦도록 계속되었다. 순서를 기다리는 참가자와 학부모들은 지겨워하는 기색이 역력했다. 화장실에 다녀오겠다는 핑계를 대고 교문 밖으로 나가보았다. 버스들과 택시들이 줄줄이 길 위를 지나갔다. 도망칠 데가 없다는 것을 알았다.

5학년 차례는 세시가 넘어서야 시작되었다. 마침내 무대에 올랐다. 심사위원석 앞에서 깊숙이 고개 숙여 인사하는 동안, 두방망이질 치던 심장이 무섭도록 차디차게 식어버렸다. 검은 그랜드피아노 앞에 앉아서야 나에게 무대공포증이 없다는 사실을 알았다. 희고 검은 건반들이 눈앞에 달려들지도 않았고, 두 팔목이 뻣뻣하게 굳어버리지도 않았다. 아름답게 표현하기 위해서가 아니라, 틀리지 않기 위해서, 나는 몹시 진지하게 손가락들을 움직였다. 자의든 타의든 이미 벌어져버린 판을 망치지 않기 위해, 비웃음거리가 되지 않기 위해, 안간힘을 썼다.

심사위원들은 내게 동상을 주었다. 가나안피아노학원의 콩쿠르 참가자 전원을 통틀어 유일한 상이었다. 나보다 세 배는 열심히 연습한 동생이 상을 타지 못한 탓에 어머니는 반가워하지도, 섭섭해하지도 못했던 것 같다. 한턱을 내라는 몇몇 자모들과 원장선생과 함께 불고기집으로 자리를 옮겼다. 선생은 칠성사이다를 유리컵에 따라 마시면서 "간도 크지. 어쩜 너 하나도 안 떨더라"고 감탄했다. "솔직히 심사위원들도 다 피곤해서 누가 연주 잘하는지 분간도 안 갔지, 뭘. 얘가 인사를 너무 공손하게 하니까 눈에 띈 거야." 4학년 대표로 나갔다가 떨어진 여자아이의 엄마가 맥주 두어 잔에 취한 척 말하자, 다른 아주머니가 눈치를 주었다. 불판에서 지글지글 익어가는 불고기를 한 점 입에 넣어보았다. 구토는 나오지 않았지만, 고기 맛이 종이를 씹는 것과 비슷했다. 그날 연주했던 곡이 소나티네 몇 번이었는지, 까맣게 잊어버렸다.

결국 외교관이나 그 배우자가 되지도 못했고, 피아니스트가 되지도 못했다. 가끔 음악회에 가야만 하는 일이 생긴다. 관객석에 앉아 무대 위의 연주자들을 보는 일을 별로 좋아하지 않는다. 실수하지는 않을까 조마조마하기 때문이다. 유난히 성장한 연주자를 보면, 저런 식으로 감추고 싶을 만큼 내면의 불안과 떨림이 심한가 보다, 라고 멋대로 짐작하기도 한다.

소설은, 무대의 이전과 무대의 이후에서 씌어진다. 그러나 동시에, 쓰는 이를 영원히 무대 아래로 내려오지 못하도록 한다. 무대의 뒤편, 혹은 무대의 한복판. 이 아이러니가 소설가에게 비애인지 쾌락인지 환멸인지 잘 모르겠다.

비애와 쾌락과 환멸이 각각의 존재가 아니라는 것. 어쩌면 그것만이, 앞으로 계속 소설을 쓰고 싶은 이유다.

일요일 저녁

자발적 고독을 선택한 자의 의무

그때, 쓰고 있던 원고가 무엇이었는지 이제는 기억나지 않는다. 일요일이었고, 하늘은 종일 흐렸으며, 글의 진도는 잘 나아가지 않았다. 접속사 '그러므로'를 '그렇지만'으로 바꾸고 다시 '그리하여'로 수정하는 동안 날이 저물었다.

인간이, 먹지 않으면 살 수 없는 존재라는 사실이 더없이 무기력하게 느껴질 때가 있다. 노트북의 모니터를 끄고 웃옷을 걸치면서 좀 우울해졌다. 그러고 보니 오전에 인스턴트커피 반 잔을 마신 뒤로 일고여덟 시간이 지나도록 아무것도 먹지 않은 상태였다.

운전석에 앉아 시동을 걸기 전에 나는 잠시 휴대전화기를 만지작거렸다. 근처에 작업실을 가지고 있는 선배가 떠올랐다. 친구들도 두엇, 부근에 살고 있었다. 전화기의 폴더를 열어 저장된 전화번호부 목록을 검색할 수도 있었다. 그러나 여섯시 반, 일요일 저녁이었다. 누군가를 갑작스레 불러내어 함께 밥을 먹어달라고 부탁하기에 너무 빠르거나 늦은 시간이다. 더구나 나는 눈썹을 그리지 않았을 뿐 아니라 보풀이 일어난 카디건을 아무렇게나 어깨에 두르고 있었다. 핑계는 무궁무진했다. 그리고 어쩌면 누군가에게 거절당하는 것이 조금은 두려웠을지도, 그랬을지도 모르겠다.

스시 집은 사람들로 꽉 차 있었다. 나는 재빠르게 홀 안을 둘러보았다. 어린이 전용 뮤지컬 극장의 구내매점도 아닌데 모든 테이블에 가족 단위 손님들뿐이었다. "몇 분이십니까?" 블랙 스커트 정장을 입은 웨이트리스가 예의바르게 물어왔다. 어쩐지 목이 꽉 막히는 느낌이 들었다. 나는 줄곧, 나 자신이 음식점에서 "혼자입니다"라고 말하는 순간을 부끄러워하는 그런 부류의 여자가 아니라는 것에 자긍심을 가져왔다. 바bar에 비어 있는 의자가 있었지만 섬처럼 그곳에 앉는 대신 나는 테이크아웃을 하겠다고 조그맣게 말했다. 입안에 마른침이 고였다.

그제서야 나는 이 복잡한 세상이 유지되는 비밀을 저절로 깨달은 것이다. 일요일 저녁을 혼자 먹고 싶지 않아 사람들은 결혼을 한다! 아이를 낳고 가족을 꾸리고 돈을 벌고 세금을 내고, 그리고 어른이 된다! 아아, 그 위대하고 통속적인 힘, 일요일의 저녁식사. 소설 「타인의 고독」의 한 장면은 어쩌면 그 자리에서 잉태되었다.

저녁밥이 담긴 종이백을 들고 캄캄한 작업실로 되돌아왔다. 불을 켜기 위해 벽의 스위치를 올리려는 찰나 잠깐 겁이 났지만 곧 담담해졌다. 스스로에게 맛있는 밥을 사 먹일 줄 아는 사람 역시 이미 어른임에 틀림

없는 것이다. 나는 2인용 식탁에 혼자 앉았다. 할로겐램프를 환히 밝히는 것도 잊지 않았다.

도시락 뚜껑을 열자, 색색의 초밥들이 가지런히 놓여 있었다. 먼저 샛노란 계란초밥을 입에 넣었다. 천천히, 아주 천천히 씹어보았다. 포근포근하고 달큼한 맛이 입안에 따뜻하게 퍼졌다. 농어, 방어, 단새우, 고등어. 내가 가장 좋아하는 연어뱃살도 준비되어 있었다.

어쨌든 나는 행복한 사람이었다. 그날의 저녁식사는 나무랄 데 없이 만족스러웠다. 그리고 그것은 자발적 고독을 선택한 자의 오만한 의무였다.

바다

다시 그곳에 가고 싶지만 나는 떠나지 못한다

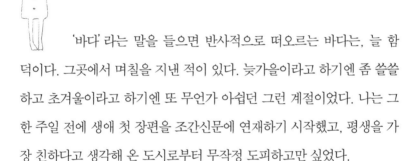

'바다'라는 말을 들으면 반사적으로 떠오르는 바다는, 늘 함덕이다. 그곳에서 며칠을 지낸 적이 있다. 늦가을이라고 하기엔 좀 쓸쓸하고 초겨울이라고 하기엔 또 무언가 아쉽던 그런 계절이었다. 나는 그한 주일 전에 생애 첫 장편을 조간신문에 연재하기 시작했고, 평생을 가장 친하다고 생각해 온 도시로부터 무작정 도피하고만 싶었다.

함덕으로 가던 첫날, 정오께부터 비가 몹시 내렸다. 혼자였고, 머물던 서귀포에서 한라산도로를 넘어 숙소를 찾아가야 했다. 굵다란 빗줄기들이 조그만 자동차의 앞 유리창에 사정없이 떨어져내렸다. 혹시 길밖으로 밀려날까 봐서 나는 두 손으로 핸들을 꽉 움켜쥐었다. 입버릇처럼 '도망치고 싶어'라고 말해 왔지만 실은 내가 길이 아닌 곳을 얼마나두려워하는 사람인지 알게 되었다.

해가 반쯤 저물었을 때 함덕에 도착했다. 동화 속 거짓말처럼 날이 개어 있었다. 내가 머물 곳은 바다 쪽으로 커다란 창문이 나 있는 방이었다. 그날, 무슨 글을 썼는지, 저녁을 먹기나 한 건지 하나도 기억나지 않지만, 점점이 어둠 속에 묻혀가던 그 바다 빛깔만은 죽어도 잊을 수 없을 것이다.

다시 그곳에 가고 싶다고, 일상에 지칠 때마다 습관처럼 생각한다. 쉽게 떠나지 못하는 이유는 뭘까. 그날의 바다가 이제 어디에도 없음을 알기 때문일까. '내 마음속 그곳'은 공간의 문제가 아니라 시간의 문제, 혹은 한 인간의 영혼에 관한 문제일지도 모르기에.

작별

아무런 미련도 없는 척 그곳을 떠났다

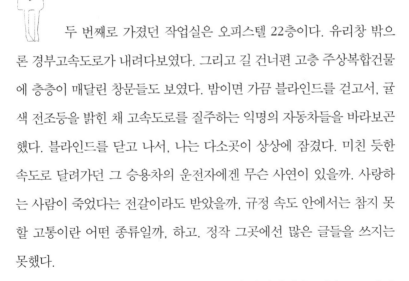

　　두 번째로 가졌던 작업실은 오피스텔 22층이다. 유리창 밖으
론 경부고속도로가 내려다보였다. 그리고 길 건너편 고층 주상복합건물
에 층층이 매달린 창문들도 보였다. 밤이면 가끔 블라인드를 걷고서, 귤
색 전조등을 밝힌 채 고속도로를 질주하는 익명의 자동차들을 바라보곤
했다. 블라인드를 닫고 나서, 나는 다소곳이 상상에 잠겼다. 미친 듯한
속도로 달려가던 그 승용차의 운전자에겐 무슨 사연이 있을까. 사랑하
는 사람이 죽었다는 전갈이라도 받았을까, 규정 속도 안에서는 참지 못
할 고통이란 어떤 종류일까, 하고. 정작 그곳에선 많은 글들을 쓰지는
못했다.

　　가장 여러 편의 소설을 쓴 곳은 첫 번째 작업실이다. 처음으로 마련
했던 나만의 작업 공간. 그곳은 소박한 원룸이었다. 창가에서 보이는 풍
광이라곤 오직 뒷산의 숲과 그 숲의 수많은 나무들뿐이었다. 그곳에서

네 해를 보냈다. 봄, 여름, 가을, 겨울이 차례로 왔다 갔다. 나무들은 푸르렀다 비워졌으며 빈 가지들이 바람에 흔들리다가는 곧 다시 여린 새싹을 피워올렸다.

그곳에서 얼마나 많은 분량의 원고를 썼는지 헤아리지도 못하겠다. 힘들고 또 힘들게 조간신문 소설 연재를 마치던 지난 봄날, 나는 불현듯 부동산에 들렀다. 결코 충동적 행동은 아니었다. 막상 그 작은 방을 떠날 때가 되자 몹시 서운했다. 4년 동안의 추억들이 한꺼번에 몰려와 가슴이 뻐근했다. 그럼에도 불구하고 나는 아무런 미련도 없는 척, 그곳을 떠났다. 이제 생의 어떤 한 시절을 통과했으니, 가장 익숙한 것, 가장 사랑하는 대상과의 작별이 필요한 때임을 어렴풋 짐작하고 있었기 때문이다.

이젠 22층에서 19층으로 이사를 했다. 세 번째 작업실인 셈이다. 나는 왜 스스로에게 인위적으로 '변화'를 선물하려 드는가. 진정으로 필요한 건 환경보다는 '마음'의 변화일 텐데.

길

CAN YOU TELL ME WHERE I AM

한순간이다. '강일IC'라는 표지판을 휙 지나쳐버리고 만 것은. 당혹스런 신음을 뱉을 틈도 없이 나는 청담대교를 향해 시속 100km/h로 달려가고 있다. 길은 아득히 앞으로만 뻗어 있다. 눈을 감는 편이 더 좋을지 모른다. 얼결에 강을 건넌다. 4차선이던 도로가 1차선으로 좁아진다. 앞차를 따라 급히 브레이크를 밟는다. 긴 정체가 시작된다. 차를 돌릴 만한 곳은 도무지 나타나지 않는다. 약속시간이 십 분째 지나간다.

찰나의 불운을 인생 전체와 총체적으로 연결시켜 확대해석하는 것은 위험한 버릇이다. 요즘 자주 길을 잃는다. 얼마 전 홍콩에 갔을 때도 그랬다. 오후 내내 혼자서 걷고, 걷고, 또 걸었다. 충분히 익숙한 도시라고 오판했다. 길에 어둠이 뒤덮이고, 아무리 걸어도 일행들과 만나기로 한 식당이 나타나지 않았을 때에야 의아해하며 지도를 펼쳤다. 내가 엉뚱한 거리 한복판에 들어와 있다는 걸 그제야 알았다. 목적지가 3시 방향이라면, 나는 8시 방향을 향해 꾸역꾸역 나아가고 있었던 거다.

흔한 일일 것이다. 타지에서 누구나 겪을 수 있는. 하지만 그 누구라도 자신을 '누구나'라고 생각하지는 않는다. 행인들이 황급히 풍기고 지나가는 바람 냄새를 맡으며 나는 멍하니 그 자리에 멈춰섰다. 집이든 나이트클럽이든 감옥이든 어디든, 모두들 목적지의 위치를 정확하게 알고 움직인다는 사실만으로 어깨가 움츠러들었다.

그때 반대편에서 걸어오던 남자와 눈이 마주쳤다. 왜소한 체구와 둥그런 얼굴이 어떤 안도감을 주었을까. 적어도 장난삼아 12시 쪽을 일러줄 사람 같지는 않아 보였다. '익스큐즈 미'라는 말은, 그러나 그쪽에서 먼저 했다. 눈을 끔뻑이며 그가 아주 천천히 물어왔다. CAN YOU TELL ME WHERE I AM. 세상엔 방향을 잃은 사람들이 보기보다 많다.

영원히 나타날 것 같지 않던 유턴 지점이다. 차를 돌리면서 머릿속을 비우려 애쓴다. 또다시 '강일IC'를 놓쳐버릴 수도 있을 것이다. 왔던 길을 되짚어간대도 내가 지나온 그 길이 아닐 수도 있을 것이다. 그래도 어쩐담. 가지 않을 수 없으니. 조마조마한 생의 불확실성에 의지하여, 나는 돌진한다.

그리고 쓴다.

가득하게

칭찬

너는 책 읽기를 정말 좋아하는구나

나는 잘하는 것이 별로 없는 아이였다. 중학교 1학년, 가정 시간에 해간 바느질 숙제는 반 아이들 전원의 비웃음을 샀다. 선생님은 전날 밤 내내 끙끙대며 창조해간 나의 작업물을 공중에 펄럭펄럭 흔들었다. 내가 찍소리도 하지 못했던 이유는, 객관적으로, 누가 봐도, 그 홈질과 박음질 자국들이 참으로 삐뚤삐뚤했기 때문이다. 달리기는 또 어떤가? 체육 시간에 백 미터 경주가 예고되어 있는 날엔, 대체 어떤 핑계를 대야 빠질 수 있을까를 연구하느라 점심밥도 거르곤 했다.

수학 풀기, 그림 그리기, 노래 부르기, 하다못해 라면 끓이기에 대해서조차 "야, 너는 앞으로 그거 하지 마라"는 평가를 받는다면 세상의 어떤 아이도 주눅이 들 것이다. 좀 소심한 성품을 타고난 아이라면, '역시 난 뭘 해도 안 돼'의 부정적 자아상을 내면화하여 사회 부적응자로 성장했을 가능성도 없다고는 못하리라.

그러나, 그 아이가, 어쨌거나, 제가 좋아하는 일을 하며 삶을 영위하는 어른으로 자라게 된 건 전적으로 '독서'의 공이다. 칭찬은 고래도 춤추게 한다고 했던가. 어릴 적 내게 쏟아진 거의 유일한 상찬이 바로 '책을 많이 읽는 아이'였던 것이다. 명절날 오랜만에 모인 친척들이, 제 방에 꼼짝없이 처박혀 책을 들이파는 꼬마에게 한마디씩 툭 던지곤 하는 말이었다.

실은, 사람으로 바글거리는 안방과 거실의 풍경이 어색하여 이리저리 피해 다니다 안착한 곳이 방구석이었을 뿐인데. "반에서 몇 등이나 하니?" 같은 어른들의 질문들을 피하기 위하여 선택한 행위가 책 속에 몰두하기였을 뿐인데.

보름달이 둥글게 차오르는 추석, 친척들이 평화로이 모여 도란도란 담소를 나누는 가운데 어쩐지 어울리지 못하고 주변을 빙빙 돌다가 사라지는 아이, 방 한구석에 몸을 웅크리곤 책 속에다 수줍은 눈길을 파묻는 아이가 있다면 그 작은 어깨를 가만히 짚어주자. 그리고 환하고 다정한 목소리로 속삭여주자. "너는 책 읽기를 정말 좋아하는구나!"

90년대

그 연대기를 함께 지나온 친구들에게 바치는 작은 헌사

나는 72년생이다. 91년 3월 대학에 입학했고, 93년 12월 생애 첫 번째 무선호출기를 구입했으며, 94년 봄 첫사랑에 실패했다. 그리고 지금 만 서른다섯 살이 되었다. 돌아보면 90년대를, 20대를, 어떻게 통과해 왔는지 아득하다. 언젠가는 꼭 90년대에 관한 소설을 쓰고 싶다고 생각해 왔다.

소설집 『오늘의 거짓말』에 실린 「타인의 고독」은, 현재의 이야기인 동시에, 90년대에 대한 후일담이다. 혹은 그 연대기를 함께 지나온 친구들에게 바치는 작은 헌사다. 완성하고 보니 90년대에 관한 소설이 아니라, '90년대적 인간형'에 관한 소설이 된 것 같기도 하지만 말이다.

두 남녀, 종우와 주희는 (소설이 씌어진 2004년 현재) 삼십대 중반, 71년생이다. 아아, 70년대 초반의 출생자들이 어느새 마흔을 향해 치닫고 있다는 사실이 믿어지지 않는다. 그런데, 이상하다. 서른이 훌쩍 넘은 아직도 나는 우리 세대가, 그리고 스스로가 '어른'이라는 확신이 들지 않는다. (출생 연도에 따라 '우리'라는 범주로 묶는다는 것이 자칫 폭력적으로 느껴질지도 모르지만, 어쨌거나, 용서하시라.)

종우와 주희, 그리고 나. 모두 스무 살 무렵에 90년대를 맞이하였다. 90년대는, 80년대와도 70년대와도 달랐다. 대학생들은 광장에 모여 구호를 외치는 대신 넓디넓은 캠퍼스 구석구석으로 뿔뿔이 흩어졌다. 소속감도, 연대감도 없었다. 뿌리내릴 데 없는 자의 불안과 외로움이 스무 살짜리 아이들의 발목을 휘감았다. 어느 시대의 청춘이나 다르지 않을 테지만 90년대의 아이들은 연애를, 그 시절을 견디어내는 하나의 방법으로 여겼을지도 모른다.

자신이 어떤 아주 작고 따뜻한 집단에 소속되어 있다는 느낌, 또한 타인과 특별한 관계로 연대하고 있다는 느낌을 만끽하는 데에 연애만큼 유용한 것은 드물다. 또한 연애는 한 인간의 자아존중감을 극도로 향상시켜 주기도 한다. 전에 비해 상대적으로 부드러워진 시대 분위기가 '짝 권하는 사회'를 더욱 부추겼을 확률도 높다.

캠퍼스에는 언제나 이런저런 연애들이 넘쳐났지만, 그 고만고만한 만남과 헤어짐들을 아무도 '사건'이라고 부르지 않았다. 연애는 일상다반사에 가까웠다. 연인과 이별한 뒤에 술에 취한 채 노래방에서 이승환의 〈천일동안〉을 부르며 울던 한 친구는, 며칠 뒤 삐삐 번호를 바꾸고는 말끔한 얼굴로 새로운 소개팅을 하러 나갔다. 낯설지 않은 풍경이었다. 90년대였으므로.

종우와 주희는 스물한 살에 만났다. 그들이 처음에 어디에서 어떻게 만나 사귀기 시작했는지 소설 속에는 나오지 않는다. 같은 과 친구였는지도 모르고, 소개팅에서 만났는지도 모른다. 어쩌면 당시 유행이던 락카페에서 춤을 추다 만났는지도 모르겠다. 어쨌든 이들은 90년대와 그들의 20대라는 생물학적 연대기를 같이 보냈다. 오래 사귀어 이른바 결혼적령기에 이른 연인에게, 세상은, 당연히 결혼이라는 제도 속으로 뚜벅뚜벅 걸어들어가야 한다고 강권한다. 20대의 끝자락에서 종우와 주희도 결혼을 한다. 그리고 칠 개월 만에 이혼한다. 짧은 결혼생활 동안 무슨 일이 일어났는지 역시 소설 속에는 설명되어 있지 않다. 다만 그들은 헤어졌고, 각각 홀로 살게 되었을 따름이다. 2004년이니, 그것은 다 지나간 일처럼 보인다. 종우는 담담하게 진술한다.

일곱 달을 함께 산 셈인데 주희와 나에게는 충분한 시간이었다. 우리는 '친하지 않은 친구' 같은 관계로 정리되었다. 서로의 생일이나 연말 즈음에 안부 전화를 하고 한 계절에 한두 번 문자메시지를 주고받는 사이를, 아니면 다른 무엇이라고 부를 수 있겠는가. 이혼 진행 과정에서 별다른 금전적 트러블이 없었고 나누어야 할 아이가 있는 것도 아니었으니 남들 눈에는 우리의 이별이 참 쉬워 보였을 수도 있겠다.

그러나, 이 지점에서 나는 그만 되묻고 싶어진다. 그들의 이별은 정말로 쉬웠을까? 비명을 지르지 않는다고 해서, 표정하나 변하지 않는다고 해서 아프지 않을까? 그저 고요하게 상처를 견디고 있는 것은 아닐까?

혹자는 이들의 관계를 쿨하다는 형용사로 표현할 수도 있겠다. 이 세상이 온통 온기 없이 차가운 관계들로 가득하다고, 쿨한 태도는 결국 아무것도 책임지고 싶어하지 않는 이기심의 다른 말이라고 비난의 시선을 보낼 수도 있겠다. '요즘 애들이 다 그렇지, 뭐.' 어쩌면 끌끌 혀를 찰지도 모르겠다. 하지만, 궁금하다. 당신, 쿨하다는 것의 본질에 대해 생각해본 적 있는가. 단 한 번이라도 '쿨한 인간'의 내면을 들여다본 적 있는가.

어떤 상황에서도 타인에게 백 퍼센트 완전하게 마음을 열어 보이지 않는 것, 일정한 거리와 여유를 가지고 타인을 대하는 것, 그것을 쿨한 태도라고 정의한다면, 그 태도는 많은 경우 자기보호본능에서 비롯된다. 타인에 의해 상처받을지도 모르는 스스로의 내부를 보호하기 위하여, 어떤 이들은 일부러 몸을 사린다. 마음과 마음 사이에 간격을 띄운다.

그러니, '90년대의 아이들'을, 종우와 주희를, 상처 없는 매끈한 영혼으로 간주하는 것은 명백한 착각이다. 그들의 사랑과 이별의 외양이 구질구질하지 않아 보이거나, 서늘하고 담백해 보인다고 해서 그 실존의 무게조차 가볍다고 폄하하는 것은 오해다. '쿨한 사랑'은 결코 손쉬운 선택이 아니다.

하지만 현실에서 과연 완벽하게 쿨한 인간이 존재할까? 아무리 담담하고 무심한 척하려 애써 봐도 오욕칠정을 가진 인간으로 태어난 이상 인간은 기쁘고 아프고 슬프고 행복하다. 어떤 식으로든 서로에게 상처를 주고받기 마련이다. 외로워하면서도 소통하고 싶고, 소통을 원하면서도 두렵다.

애초에 쿨한 사랑이란, 사회적 관계 속에서 형성된 것이다. 모순은, 사회가 그런 사랑법을 권하는 동시에 그것을 배반한다는 데서 비롯된다. 사랑은 아름답다. 우리는, 개인과 개인이 나눌 수 있는 가장 친밀한 영역이 로맨스라고 생각한다. 그러나 로맨스가 제도의 영역과 만나는 순간 그것은 더 이상 두 사람만의 문제가 아니다. 가족과 사회의 용인은 필수불가결하다.

제도는 순수한 사랑을 배신과 기만의 상처의 경험으로 치환시키기도 한다. 그로부터 도피하여 자신을 보호하려는 최소한의 의지는, 고독이라는 딜레마와 자주 충돌한다. 소통과 고독은 영원히 함께 움직인다. 하나를 선택했을 때 하나가 버려지는 단순한 게임이 아니다. 인간은 고독을 택한 순간조차 소통을 열렬히 희구하고, 타인과 소통하는 순간조차 자기 안의 고독을 들여다봐야 한다.

서른네 살의 종우. 아버지를 닮아 머리가 조금씩 벗겨지고 있는 그 남자는 지금 외롭다. 불모不毛의 현실을 살아가고 있다는 것을 인정하고 싶지 않다. 지나온 사랑의 상징인 강아지 몽夢을 맡고 싶지 않다. 아무것도 꿈꾸고 싶지 않다. 90년대의 아이, 종우. 이제는 '아저씨'가 된 그 남자는 알고 있다. 언제까지 대머리 치료를 미룰 수 없다는 것을, 짖지 못하는 강아지 몽을 결국은 책임지게 되리라는 것을, 언젠가는 주희와 90년대를 떠나보내야 한다는 것을. 그리고 지금이 바로 그 때라는 것을.

소설의 마지막 장면에서 그는 고층아파트의 베란다에 서서 아래를 내려다본다. 다행인지 불행인지 혼자는 아니다. 그는 자신의 곁을 유일하게 지키고 있는 강아지의 몸체를 머리 위로 치켜든다. 따뜻하다. 파닥파닥 가쁜 맥박이 느껴진다. 땅바닥을 향해 녀석을 내던진다 해도 아무일도 일어나지 않을 것임을, 그는 깨닫는다.

철퍼덕 소리와 함께 녀석의 몸이 바닥에 닿아 으스러진다 해도 아무도 나를 찾아오지 않을 것이다. 사체 처리의 비용을 청구하기 위해 혹여 아파트 관리실 직원이 초인종을 누른다면 나는 애절하고 비통한 목소리로 녀석의 실족사를 위장하리라. 군청색 점퍼를 입은 그 남자가 내 어깨를 짚고 위로의 말을 건넨다면 못 이기는 척 쿨쩍쿨쩍 울 수 있을지도 모르겠다.

관대한 용서를 그리워하면서 나는 지상의 저 먼 바닥을 오래도록 응시하였다.

소설 「타인의 고독」은 이렇게 끝난다. 정말로 종우는 저 먼 바닥을 향해, 꿈이라는 이름의 그 강아지를 힘껏 내던졌을까? 분명한 것은 90년대는 이제, 다 지나가버렸다는 사실이다. 종우도, 주희도, 내 친구들도, 나도, 더 이상 책임을 피할 수 없는 어른이 되고 말았다는 사실을 이제는 인정할 수밖에 없다.

　나에게 90년대는 무엇이었을까. 선뜻 대답하기 어렵다. 특권 없는 청춘, 신화 없는 신화. 모르겠다. 내가 짐작할 수 있는 것은 그 모순의 연대기를 가슴 한 편에 묻고서, 다시 이 무감無感한 생을 이어가야 한다는 것. 그저 그것뿐이다.

작가

'바보야, 너만 그런 거 아니야' 라고 가만히 말해 주었으면

며칠 전, 한 통의 이메일을 받았다. 스무 살 때부터 스물서너 살 무렵까지 알고 지내던 친구였다.

"신문에 난 사진을 봤어. 많이 닮은 사람이라고 생각했는데, 진짜 너더라. 대단해. 작가가 될 줄은 정말 몰랐는데."

그는 그렇게 쓰고 있었다. 이십대 초반의 나를 알고 있는 사람으로부터 날아온 그 편지의 마지막 문장이 두고두고 마음에 남았다. 그 시절을 함께 보낸 많은 이들은 내가 소설가가 되어 밥벌이를 하고 있다는 소식을 듣는 순간 아마도 극심한 어지럼증을 느낄 것이다.

대체 내가 어떤 모습이었기에? 아니, 대체 어떤 것이 '작가다운' 혹은 '예비작가다운' 모습이라고 간주되어 왔기에?

우리 문학사의 작가들을 단 두 부류로 나누는 것이 용서된다면 '투사

형'과 '예술가형'으로 분류할 수 있지 않을까. 먼저 투사형 작가. 우울한 한국현대사가 낳은 산물이라고 할 수 있는 그들에게 글을 쓴다는 행위는 사회적 억압과 맞서는 동시에 사회변혁을 실천하는 방편이었다. 그들은 체제로부터의 핍박을 오히려 문학적 에너지의 원천으로 삼아왔다. 반면 예술가형 작가는 문학시장과 제도로부터 스스로를 고립시키면서 자기 문학의 순결성을 끝까지 밀고 나가는 사람들이다. 이들은 본인 작품이 난해하다거나 잘 팔리지 않는다거나 하는 부분들을 도리어 자기 문학의 정당성을 증명하는 것으로 여기는 '진정한' 예술가들이다.

문학에 대한 양자의 태도에는 아주 커다란 차이가 있다. 투사들이 '계몽'을 선택한다면, 예술가들은 '고립'을 선택한다. 사회 속에 몸을 던지는 작가와, 사회로부터 자신을 분리시키는 작가는 전혀 다른 인종으로 보인다. 그런데 가끔 엉뚱한 생각이 든다. 투사와 예술가는 참으로 멀리 있는 사람들이지만, 어쩌면 그들은 일반적인 짐작보다 훨씬 더 비슷한 얼굴을 하고 있을지도 모른다고.

우선 그들 모두는 자신의 문학적 정당성에 대한 확신에 가득 차 있다. 또한 '독자'라는 존재를 별로 중요한 위치에 두지 않는다. 그들에게 독자는 사회적 계몽의 대상이거나, 혹은 예술적 계몽의 대상일 뿐이다. 자기 문학의 정통성에 대한 확신 위에서 이들은 독자의 요구와 압박으로부터 상대적으로 자유로운 사람들일 것이다. 반드시 그렇게 써야만 하는 내적 동기와 문학적 당위가 확고한 상황 아래에서 작가들은 독자보다 한 층위 높은 곳에 있을 수 있었다.

그러나 바야흐로 21세기가 밝았다. 우리 시대의 작가도 이런 '행복한 작가'가 될 수 있을까? 유감이지만, 나는 고개를 절레절레 흔들 수밖에 없다. 요즈음 사석에서 농담처럼 곧잘 하는 말이지만, 한국사회는 변해도 너무 빨리 변했다. 무엇보다 제도적 민주화의 발전에 따라 사회적 억압 전선이 다원화되었기 때문일 것이다. 작가의 문학적 정당성을 작가 자신이 오롯이 감당해 내는 시대는 갔다. 독자들은 이미 제각각 개별적인 비평가의 위치에 올라서 버렸다.

투사들과 예술가들은 함께 절망한다. 민족이나 계급의 문제가 이 사회의 핵심적인 모순이자 현안이라고 말하기 어렵게 되었으며, 문학이 반드시 그런 이야기를 해야만 정당한 것도 아니다. 또한 문학의 예술성이 독자들로부터의 고립을 통해서 완성된다고 말할 수도 없게 되었다. 예술과 예술 아닌 것 사이의 기준이 점점 모호해지는 시대에, 무엇이 진정한 예술인지 객관적으로 평가할 준거기준 따위는 마련되어 있지도 않다. 고립을 자처한다고 해서 예술가로서의 확고한 지위를 보장받는 것도 아니다. 그러니, 뒤늦게 이 배에 올라탄 나는 갑판에 서서 목 놓아 외치고 싶다. '행복한 작가의 시대'는 정말로 영원히 가버렸느냐고.

'저자의 죽음과 독자의 탄생'이라는 무시무시한 말이 있다. 문학의 문학성과 의미를 실현하는 것이 작가가 아니라 독자라는, 현대문학이론을 개념화한 용어이다.

먼저 이 개념이 등장하게 된 맥락을 한번 더듬어보자. '저자'를 뜻하는 author는 그 어원의 유래가 authority(권위)라는 말과 관련되어 있다고 한다. '저자'란 그만큼, '신'의 입장에서 하나의 작품을 창조하는 지위를 가졌다는 의미일 것이다. 작품을 창조하고 그 작품의 진정한 의미를 알고 있는 사람이 바로 저자였다. 그러므로 하나의 작품이 가진 의미에 대해 의문이 날 때는 저자에게 물어보면 해결되었다. 아니면, 저자가 숨겨놓은 깊은 뜻을 연구자들이 어떻게 해서든 알아내기 위해 노력해야 했다.

낭만주의 시대에는 이러한 작가의 특별한 지위가 허락되었다. 작가들이 종종 '천재'라고 불리었다는 사실도 재미있는데, 이는 작가가 가지는 선천적인 영감의 능력을 인정해 주는 것이었다. 물론 역사 속의 거의 모든 작가들은 어쩌면 자기가 천재일지도 모른다는 은밀한 자부심을 품고 살았겠지만, 근대 이후에 작가를 '천재'라고 공식적으로 인정해 주는 경우는 거의 없었다. (또한 작가의 '타고난' 천재성이 문학성의 핵심이라는 믿음도 매우 순진한 생각인 것처럼 보인다.)

현대의 작가는 더 이상 '신'도 아니고 '천재'도 아닌 존재가 되었다. 작가는 단지 한 시대의 '보고자'일 뿐이다. 보고서를 쓰는 역할을 맡은 자에게 중요한 것은, 자신만의 들끓는 개성을 맘껏 발현하는 것이 아니라 얼마나 성실하게 관찰하고 얼마나 정확하게 기록하며 얼마나 충실하게 보고하는가 하는 문제일 것이다. 작가가 단지 '직업'의 하나일 뿐이라는 근대 이후의 생각은, '작가'라는 이름에 휘장처럼 드리워져 있던 신비한 아우라를 거두어갔다.

현대의 문학 이론들에서, 작가의 지위에 대한 탈신비화는 훨씬 극단적이고 정교한 방식으로 진행되어 왔다. 롤랑 바르트나 미셸 푸코 같은 서구의 이론가들에게 '저자의 죽음' 이란 '자기동일적인 창조적 주체로서의 작가' 라는 관념을 해체하는 개념이다. 이들에게 '작가' 란 하나의 일관적인 주체가 아니라 분열된 자아일 수도 있고, 무의식적으로 당대의 이데올로기를 전달하는 자일 수도 있다. 그리고 당대의 권력의 질서와 그 담론들이 교차하는 하나의 '장소' 에 불과할 뿐이다. 텍스트는, '읽는 행위' 와 '해석' 의 과정을 통해서 비로소 실현되는 것이다.

저자가 죽은 자리에 독자가 들어섰다. 작가가 더 이상 투사도 예술가도 되지 못하는 상황, 창조적 주체로서의 작가적 권위가 사라진 상황, 이런 와중에서 작가가 어떻게 나 홀로 꿋꿋하게 유아독존을 부르짖을 수 있겠는가? 현대의 작가는 독자와의 '소통' 이라는 문제를 절대로 무시할 수 없게 되었다. 작가는 혼자 쓰는 것이 아니라, 타인들과의 관계 속에서 쓴다. 소설가라는 이름으로 이 시대를 살아가고 있는 나는 그것을 시시각각 오싹하게 실감한다.

가끔 인터넷 포털 사이트에서 '정이현' 을 검색해 보곤 한다. '정이현' 이라는 단어가 포함된 블로그의 포스트들이 좌르륵 화면을 메운다. 내 책을 사진으로 찍어 올린 포스트도 있고, 소설에 대한 개인적 감상을 적어놓은 포스트도 있다. '정이현은 싫고 ㅇㅇㅇ가 좋다' 는 내용도 보았고, 반대로 'ㅇㅇㅇ는 싫고 정이현이 좋다' 는 내용도 보았다. 우호적인 관심을 보여주는 평에 대해서는 인간적으로 고맙다는 마음을 가질 수밖에 없고, 비판적 잣대를 들이미는 평에 대해서는 (물론 순간적으로 이마를 살짝 찡그리기는 하겠지만) 어쨌거나 내 소설을 객관적으로 들여다보는 기회로 삼으려고 애쓴다.

이름 모를 누군가가 내 소설을 읽고 나서 자신의 일상에 대해 작은 물음표와 느낌표를 머금게 되었다는 글을 읽었을 때 뿌듯함을 느끼지 않을 수 없다. 그들의 생생한 육성을 통해 '독자'라는 존재의 구체적인 실체와 만나게 되는 일은 무섭기 한량없지만 또 그만큼 경이로운 체험이기도 하다.

아마도 선배작가들에게는 독자의 목소리를 직접적으로 들을 만한 기회가 지금처럼 많지 않았을 것이다. 팬레터나 '독자와의 만남'과 같은 일회적 행사가 있었겠지만 그것은 극히 제한된 경우였을 것이다. 그러나 이 시대의 독자는 인터넷이라는 혁명적인 공간 안에서 자신의 취향을 적극적으로 드러내고, 특정한 텍스트에 대한 주관적인 평가를 스스럼없이 전시한다. 소수의 비평가 집단이나 이른바 전문독자가 아니더라도, 독자 한 사람 한 사람은 자기 나름의 심미안과 비평적 준거를 가지고 작가와 대적한다.

오늘의 소설은, 이 '다중'의 비평가들 앞에 벌거벗은 채로 노출되어 있다. 무릎이 떨리는 공포와, 짜릿한 소통의 쾌감이 동시에 밀려온다.

당신은 왜 소설을 쓰는가라는 질문을 자주 받는다. 여러 갈래의 대답을 준비해 보지만, 결국 나의 답변은 '소통'이라는 단어로 귀결되곤 한다. 소설 쓰기를 통해 내가 꿈꾸는 것은, 소통이다.

내가 쓴 소설이 나 혼자만의 방에 갇힌 것이 아니라, 타인들의 공간을 향해 열려 있다는 것. 그리고 그 활짝 열린 공간에서 이루어지는 나의 소설 쓰기에 새로운 에너지를 부여해 주는 존재가 바로 타인들이라는 것. 그런 까닭에, 나는 얼굴을 알지 못하는 불특정 독자의 존재를 격렬하게 두려워하고 또 격렬하게 갈망한다. 그것이 긍정적이든 부정적이든 독자들이 보여주는 관심은, 작가로 하여금 타인과의 소통의 회로 속에 들어와 있다는 존재감을 맛보게 한다.

내 소설 속의 인물들 역시 누군가와의 소통을 간절히 바라고 있다. 그러나 현대인들에게 타인과의 소통은 언제나 막막한 문제이다. 소설 속 인물들 역시 우리처럼, 남들의 오해와 편견, 무지와 무관심 속에 살아가는 사람들이다. 현실뿐 아니라 소설에서도, 사람과 사람 사이의 진정한 커뮤니케이션이 온전한 방식으로 이루어지지 않는다. 인물들은 타인과의 '관계의 지옥' 속에서 자신의 일그러진 모습을 발견하고 괴로워하기도 하고, 스스로도 모르는 자기정체성을 찾아 먼 길을 헤매돌기도 한다. 그들은 지난한 오해와 지독한 편견을 견딤으로써 자기만의 신앙을 발견하려고 한다.

아이러니하게도, 내가 타인과의 소통을 꿈꾸며 행하는 소설 쓰기의 내부에서, 정작 내가 만들어낸 인물들끼리는 '진정한' 소통에 이르지 못한다. 하지만 나는 이 기묘한 아이러니로부터 탈출할 방법을 찾아내고 싶지 않다. 소설에 '진정한' 소통을 나누는 사려 깊은 인물들이 등장한다고 해서 현대인이 처한 냉엄한 현실이 바뀌리라고 기대하지도 않는다. 어쩌면 현실은 소설보다 훨씬 가혹하다. 이 가차 없는 세계의 한가운데를 당당하고 솔직하게 꿰뚫는 것이, 내가 생각하는 '좋은' 소설이다.

가혹하고 비루한 현실 너머 달콤한 꿈이 흐르는 따뜻한 세상을 꿈꾸는 것은, 미안하지만 소설가의 몫이 아니다. 소설은 다만 이 불감한 세상에 무력하게 내던져진 인물을 통해, 가장 역설적인 방식으로 불모와 소통의 가능성을 동시에 암시할 수밖에 없다. 그것이 전부다. 이것을 소설의 무기력이라고 부른다면, 담담히 받아들이겠다. 그러나 기억하시라. 소설은 이 끔찍한 무기력을 통해 당신에게 다가가려 한다. 다가가고 싶어 당신을 앓는다.

소통하지 못하는 현실을 환기함으로써 소통을 꿈꿀 수 있다면 나는 영원히 무기력한 소설가로 남고 싶다.

'네가 작가가 될 줄은 정말 몰랐다'고 편지를 보내온 옛 친구에게 아직 답장을 쓰지 못했다. 친구야, 나는 대단하지도 않고 사소하지도 않단다. 여전히 모르는 것투성이고, 실수가 많아. 하루에도 여러 번, 후회하고 절망하고 질투하고 욕망하지. 스무 살 때의 내가 한없이 불완전한 인간이었다면, 아마 나는 파파할머니가 되어도 완벽한 인간은 될 수 없을 거야. 하루하루 살아간다는 게 가끔은 몹시 불안하고, 그래도 아주 가끔은 행복하단다.

　내 편지를 받은 친구가 '바보야, 너만 그런 거 아니야' 라고 가만히 말해 주었으면 좋겠다.

독서

쓸데없는 책을 읽는 아이

교과서를 읽는 학생은 부모를 안심시키지만, '쓸데없는 책' 을 읽는 아이는 부모를 걱정스럽게 한다. 어린 시절 나는 공부를 열심히 하는 바른 생활 어린이는 아니었다. 그저 책과 함께 '노는' 아이였다. 어쩌면 나는 얇은 종이들이 모여 딱딱하게 묶여진 책의 물질적 감촉에 매혹되었는지도 모른다.

가장 사랑하던 책은 금성출판사의 세계명작동화 전집이었다. 빨간색 과 파란색의 하드커버 표지들을 지금도 똑똑히 기억한다. 그 한 권, 한 권을 펼칠 때마다 무궁무진한 상상의 세계들과 만날 수 있었다. 〈소년 중앙〉과 〈어깨동무〉〈새소년〉 같은 어린이 잡지들 역시 잊지 못할 이름 이다. 긴 겨울밤, 방바닥에 배를 깔고 엎드린 채 나는 무수한 이야기들 을 읽고 또 읽었다.

그 읽을거리들이 아니었다면 도대체 어떻게, 둑의 구멍을 손으로 막아 나라를 구한 네덜란드 소년의 일화와, 영국 네스 호수에 산다는 괴물 네시의 존재, 수억 년 전 멸종된 공룡들의 삶에 대해 알 수 있었을까? 고백하건대, 책은 익숙하고 무료한 현실로부터 새롭고 낯선 세계로 나를 인도해준 마법의 양탄자 같은 것이었다.

'유희로서의 독서.' 이 말은 자못 불경스럽게 들린다. 놀기 위해 책을 읽는다니. 혹자는 무슨 되먹지 못한 태도냐고 화를 낼 수도 있겠다. 그러나 이것은 책과 인간 사이의 진정한 교감을 의미한다고 생각한다.

지금까지 우리는 흔히 '책 읽는다'는 것을 '공부'의 한 과정으로 받아들여 왔다. 어린아이가 세상에 태어나 문자를 습득하고 지식을 교육받는다는 것은 곧, 그가 속한 사회적 규칙과 권위에 적응해 나가는 과정이라고 간주되어 왔기 때문이리라. 그동안 한국의 교육제도 속에서 '책'이라는 한 음절의 단어는 곧 제도적 규범의 영역을 의미했다고 해도 과언이 아니다. 암기해야만 하는 정보들로 빼곡한 '교과서'의 세계는 더욱 그렇다. 제도 속에서 살아남기 위해 어쩔 수 없이 감내해야 하는 독서의 고통! 학습의 대상으로 책을 접한 사람들이 책 읽기에 대해 거부반응을 보이는 것은 자연스러운 일이다.

그런데 혹시 책에 대한 이런 식의 깊은 편견이, 책을 '가까이하기에 너무 먼' 대상으로 위치지은 것은 아닐까? 이제는 책에 대한 수동적인 사고를 거둘 때가 되었다. 즐겁고 자발적인 독서는 읽는 이에게 괴로움이 아닌 쾌락의 순간을 선사한다. 또한 역설적이게도, 독서 행위는 문자가 축적한 지식의 세계를 극복할 수 있는 가능성을 제공한다. 자유로운 책 읽기는 기존의 권위 속에 갇힌 개인의 의식을 해방시킨다. 책으로, 책을 넘어설 수 있는 것이다.

널리 알려진 독서 캠페인 표어 중에 '책 속에 길이 있다'는 말이 있다. 책이, 인간에게 여러 가지 지혜와 통찰을 전해준다는 측면에서 이 말은 옳다. 그렇지만 책이 단 한 가지의 길만을 가르쳐주는 것은 결코 아니다. 세상에는 헤아릴 수 없이 많은 책들이 있고, 이 책들은 각각 고유한 우주를 품고 있다. 하나의 새로운 책은 그 이전의 다른 책들을 부정함으로써 탄생하고, 그것은 우리의 지식과 지혜를 갱신한다. 그러므로 하늘의 별만큼 많은 책들은, 또 그만큼 다양한 길들이 우리 앞에 놓여 있다는 것을 알려주는 셈이 된다.

또한 한 권의 책 속에 반드시 하나의 길만이 제시되고 있는 것도 아니다. 한 권의 책은 폐쇄된 성곽이 아니라, 그 안에 수많은 틈새와 굴곡을 숨기고 있는 활짝 열린 공간이다. 그 책의 세계 속으로 직접 뛰어들어서 그 틈새를 파고들고, 채우고, 그 굴곡을 체험하는 것은 전적으로 읽는 이의 몫이다. 이렇게 책에 몸을 담그는 '나만의 독서행위'를 통해 그 책은 온전히 '나의 책'으로 다시 태어날 수 있다.

한 번 읽었던 책을 또다시 꺼내어 읽었을 때, 전에 느끼지 못했던 감동을 새로 발견하는 것만큼 신비로운 경험도 드물다. 이 경우, 책 속에 길이 있는 것이 아니라, 개인의 삶의 여정 위에 책이 놓여 있다고 표현해도 무방할 것이다. 이와 같이 개개인들의 창조적인 독서가 모여 한 사회 전체의 문화를 풍요롭게 한다는 사실이 새삼스럽다.

그런데 우리가 발 딛고 선 현실은 어떤가. 언제부터인가 '책은 죽었다'는 풍문이 심심찮게 들려오고 있다. 출판 시장의 불황이 심각한 정도를 넘어 '대란'의 수준이라는 얘기도 더 이상 충격적인 뉴스가 아니다. 여기에는 경제적 불황 등 여러 가지 이유가 있겠지만 영화와 인터넷 등 뉴미디어의 득세가 중요한 원인이라는 것이 정설이다. 그렇다면 정말로, 디지털 영상문화의 확산이 문자문화의 몰락을 의미하는 것일까? '시장의 논리'로만 따진다면 이러한 진단도 틀리지 않다. 그러나 책이라는 매체의 일시적인 위축이 곧 '문자적 사유' 전체의 죽음을 뜻하는 것은 절대로 아니다. 아주 기본적인 측면에서 문자언어와 문자적 사유에 기반하지 않은 '영상'만의 소통은 불가능하기 때문이다. 문자언어는 문화적 상상력의 기원이다.

예를 들어 영화 〈반지의 제왕〉의 첨단 테크놀로지에 의한 놀라운 스펙터클은 원작자 J. R. R. 톨킨의 서사적 상상력으로부터 출발한 것이다. 어떤 영화도 '이야기'를 기반으로 할 수밖에 없는 이상, 상상적 모험의 원천이 되는 것은 바로 '문자의 힘'이다. 또한 영상문화에 담겨 있는 세계관이나 영상문화를 향한 성찰의 언어도 기본적으로 문자적인 것일 수밖에 없다. 문자언어의 상상력과 성찰의 기반 없이는 창조적이고 비옥한 영상문화의 도래를 기대하기 어렵다.

오늘날 인문학이 위기에 처했다는 명제가 사실이라면, 그것은 책을 통해 상상하고 성찰하는 능력의 위기에 다름 아닐 것이며, 나아가 그것은 모든 문화적 창조력의 고갈이라는 재앙을 의미한다. 문화의 영역에서 책의 위상이 축소될 때, 그 문화의 생산성은 메말라버리고 말 것이기 때문이다.

책은 우리에게 언제나 또 다른 삶의 체험을 제공한다. 타인의 가치관에 귀 기울이게 해주고, 지금 내가 아는 지식이나 내가 믿고 있는 신념의 '바깥'이 있음을 깨닫게 해준다. 독서는 인간을 억압하는 것이 아니라 자유롭고 창의적인 존재로 만든다. 꿈꾸는 유목민이 되게 한다.

돌이켜보면, 어린 시절 나는 책을 통해 현실의 저 너머를 살았다. 자그마한 책상 앞에 앉아 『소공녀』의 다락방과, 『어린왕자』의 소혹성 B-612, 『로빈슨 크루소』의 무인도를 차례로 방문할 수 있었던 것은 분명 책이 준 크나큰 선물이었다. 비록 현실에서는 지구 위의 모든 땅을 여행할 수 없지만, 책의 세계 속에서 우리는 '극한'을 경험할 수 있고 '극지'에 도달할 수 있다. 그리고 그 경험들은 인간 존재의 내면에 환하고 단단한 한 톨의 씨앗으로 자리잡을 것이다.

이 세상의 책을 다 읽고 죽는 사람은 아무도 없다. 다만 우리는 각자, 생의 부피만큼의 책을 읽고 갈 수 있을 따름이다. 도서관 서고 가득 꽂혀 있는 책들을 바라볼 때면 궁금해지곤 한다. 현존하는 저 많은 책들 가운데 먼 훗날 스스로에게 추천할 수 있는 '인생 최고의 책'은 무엇일까. 꼭 읽어야 할 그 한 권의 책은, 아직 세상에 태어나지 않았는지도 모른다. 혹은 내가 미처 발견하지 못했는지도 모른다. 하지만 포기하지는 않겠다. 하나하나 야금야금 읽어가다 보면 언젠가는 반드시 조우하게 될 테니까! 그 미지의 책과 미지의 신세계를, 오늘도 나는 설레며 기다리고 있다.

쿼터제

구석 판매대로 밀려난 한국문학

"안타깝고 통탄스런 일입니다. 우리나라 사람들, 책 왜 이렇게 안 읽는 겁니까." 지금 이렇게 비분강개한다고 해도 그 누구도 눈 하나 깜짝하지 않을 것이다. 독서 안 하는 사회. 그것은 이미 지겨운 관용구다. 특히 한국문학 시장의 축소와 관련하여, 소설가처럼 글 써서 먹고 사는 직업을 가진 이가 총대를 메고 나설 때에는, '혹시 자기들 밥줄 좀 끊지 말아달라고 징징거리는 거 아니야?'라는 오해에 휩싸이기 십상이다. 혹자는 말할 것이다. '그러니까 평소에 좀 재미있게 쓰란 말이야. 어렵고 고리타분한 얘기를 누가 읽어?' 아, 난감하고 당혹스럽다. 머릿속이 붕붕 울리는데 뭐라고 대꾸해야 할지 입이 떨어지지 않는다.

며칠 전, 평소 자주 가는 한 대형서점에 들렀다. 아무리 둘러봐도 한국소설 신간코너가 눈에 띄지 않았다. 이상하다, 여기 있었던 것 같은데. 혼자 중얼거리다가 포기하고 직원에게 물어보니 얼마 전에 진열대 위치를 바꾸었다고 일러준다. 앞줄에 나란히 있던 한국문학과 외국문학 판매대가, 이제는 외국문학만의 것으로 변경되었다는 거다. 그럼 한국문학 신간은? 뒤로 밀려난 채 초라하게 구석 판매대의 한 귀퉁이를 차지하고 있었다. 무엇이, 어디서부터 잘못된 것일까. 불볕더위를 피해 시원한 서점으로 피서를 나온 듯한 사람들이 빼곡히 붙어서서 책을 읽고 있는 곳은 과연 외국문학 판매대였다. 이토록 극심한 출판 불황의 와중에 그나마 몇몇 번역소설들이 베스트셀러 상위목록에 올라 있다는 것을 다행스러워 해야 하는가. 정말 그런가.

미안하지만 나는 유보적인 시선을 보낼 수밖에 없다. 물론 현재 한국인들에게 널리 읽히고 있는 번역소설들 중에 훌륭한 작품이 포함되어 있는 것은 인정한다. 그러나 그 이면은 복잡하다. 유명한(잘 팔릴 만한) 해외 저자를 유치하기 위한 국내 출판사의 과열경쟁이 심각한 수준이라고 한다. 그리고 다른 나라에서는 별 대단한 평가를 받지 못한 작품이 국내 출판사의 과대 마케팅을 통해 세계적인 문제작으로 둔갑하는 경우도 있다. 출판사와 서점의 관심은 '돈'이 되는 외국문학 장사에 온통 쏠려 있을 뿐, 한국문학은 구색 맞추기에 지나지 않는다.

세상이 몹시 빠르게 변화하고 있는데 한국문학은 왜 늘 그 자리에 있느냐, 라는 지적에 대해서는 어느 정도 동감한다. 영상매체에 익숙한 새로운 세대들을 독자로 끌어들이지 못한 점 등도 뼈아프다. 그러나 창작을 하는 입장에서 나는 독자들이 한국문학에 대하여 일정한 편견을 가지고 있다고 생각한다. 요즘 우리 소설들 다 뻔하지 않느냐고, 그러니

외국문학에 밀릴 만하다고 말하는 당신, 바로 지금 우리 문학의 최전방에서 활발한 활동을 펼치고 있는 젊은 소설가 이름 세 명만 무작위로 대보시라. 올해 읽은 그들의 소설은 무엇인가. 초판 3천 부조차 다 팔지 못할지라도 지금 이 순간에도 온몸으로 부단히 한국문학사를 갱신해 나가는 작가들을 우리 문단은 여럿 가지고 있다. 그리고 그들이 보여주는 문학적 주제와 개성은 매우 다양하다.

시행 축소에 대한 논란에 휘말려 있긴 하지만, 그래도 가끔은 스크린 쿼터라는 제도가 버티고 있는 한국영화계가 부럽기도 하다. 한국문학의 점유율은 얼마나 될까? 그렇다고 해서 도서 쿼터제라도 시행해 달라는 것이 결코 아니다. 다만 최소한의 안전장치도 없이 내팽개쳐진 한국문학이 이대로 말라죽는 것을 바라지 않는다면 좀 응원해 달라는 것이다. 함성이 가득한 그라운드를 달리는 축구선수가 더욱 힘이 나는 것은 당연한 이치다.

어른스럽게

이십대

컴퓨터 앞에 웅크리고 앉은 뒷모습에 대해 언젠가는 내 손으로 쓸 수 있을까

그것이 꼭 생물학적 나이와 겹치는 연대가 아닐지도 모르지만 누구한테나 이십대 초반은 있다. 어설픈 연애에 막 실패했으며, 야무지게 공무원 시험을 준비하는 친구들 틈에 앉아 하릴없이 소설책이나 뒤적이던, 하고 싶은 것도 되고 싶은 것도 없던 그때. 부신 봄 햇살에 괜히 주눅 들어 남들 앞에서는 외려 더욱 아무렇지 않게 웃던 그때. 오후 강의를 땡땡이 친 채 PC통신 대화방에 틀어박혀 생면부지의 ID와 인생 상담을 주고받던 그때. 아마도 나는 만 스물두 살이었을 것이다.

『퍼레이드』의 마지막 장을 덮고 잠시 절망했다. 이건 반칙이야, 라고 중얼거렸는지도 모르겠다. 백 퍼센트 편견으로 말한다면, 소설가의 입장에서 만나는 타인의 '좋은 소설'이란 대략 두 부류가 아닐까 싶다. 경외하고 감탄하되 나는 저런 방식으로 작업할 수는 없겠다 생각되는 소설. 그리고 세간의 객관적 평가와 상관없이 작가에 대해 맹렬한 질투가

일어나는 소설. 일본의 젊은 소설가 요시다 슈이치의 첫 장편 『퍼레이드』는 내게 후자다. 언젠가는 나도 '이십대 초반'의 정서에 관한 소설을 쓸 수 있지 않을까 막연히 욕망했기 때문이리라.

이 소설에는 다섯 명의 주요인물이 등장한다. 21살의 요스케(남자)는 선배의 여자친구와 몰래 사귀는 대학생이다. 10km를 주행하면 멈춰버리는 중고자동차를 가지고 있다. 23살 고토(여자)는 '백조'다. 잘나가는 미남 탤런트의 숨겨진 애인이며 그의 전화를 기다리면서 하루를 보낸다. 24살의 미라이(여자)는 일러스트레이터를 꿈꾸는 잡화상 점원으로 "꼭지가 돌" 때까지 술 마시기를 좋아한다. 18살의 사토루(남자)는 중학교 중퇴의 동네 '양아치'다. 미라이의 표현에 의하면 "어린 주제에 톳나물을 좋아한다." 28살 나오키(남자)는 독립영화사의 직원이고 건강에 아주 관심이 많아 틈만 나면 조깅을 한다. 그리고 이들 다섯 명은 한 집에 사는 룸메이트다. 자, 이제 어떤 일이 벌어질 것 같은가.

글쎄, 겉으로는 아무 일도 일어나지 않는다. 방 두 개와 코딱지만 한 거실, 주방으로 이루어진 이 작은 집에서 이들은 '따로 또 같이' 비교적 잘 지낸다. 스스로들 터득한 '거리距離'의 법칙 때문이다.

신호가 빨간색으로 바뀌면 달려오던 차들은 어김없이 정지선에 멈춘다. 그 뒤로 달려오던 차도 앞차와 거리를 두고 부딪치지 않을 정도의 위치에, 또 그 뒤에 오는 차도 같은 간격을 두고 멈춘다.

마치 퍼레이드의 행렬처럼 일렬로 줄지어 달리는 한, 서로의 생에 깊이 개입하지 않는 한, 그들은 영원히 안전하다.

소설은 모두 다섯 개의 장으로 구성되어 있다. 각 장마다 다섯 명의 인물이 각각 일인칭 화자 '나'로 교차 등장하여 진술하는 형식을 취한다. 문제적인 것은 여기서 일인칭으로 말하는 '나'의 진술은 철저하게 '나의 시각'이라는 점. 일반적으로 독자가 소설의 일인칭 화자에게 기대하는 역할이란, 자신의 내면을 투명하게 발설하고 고백하는 진실한 '주체'의 그것이다.

그러나 『퍼레이드』의 '나'들은 자신이 '나'가 되어 발언할 때와 다른 '나'에 의해 관찰될 때 사뭇 다른 모습이 된다. 작가는 일인칭 교차 시점을 통해 인간의 내부에는 하나로 규정할 수 없는 여러 가지의 모습이 숨겨져 있음을, 또한 '나' 조차 내가 누구인지 알 수 없음을 섬뜩하게 드러낸다.

그러니까 넌 네가 아는 사토루밖에 모른단 말이야. 마찬가지로 나는 내가 아는 사토루밖에 몰라. 그러니까 요스케나 고토도 그들이 아는 사토루밖에 모르는 건 당연한 거야. …… 그러니까 모두가 알고 있는 사토루는 어디에도 없다는 뜻이야. 그런 사토루는 처음부터 존재하지 않았어.

"이 집 전용의 나"를 만들어, "있는 그대로의 모습으로" 생활하고, "이곳이 실제로는 꽉 찬 만실滿室이면서 텅 빈 공실空室이 아닐까" 혹은

"누군가가 나에게 의지할 때 사람들은 그걸 눈치 채지 못하는 게 아닐까" 의심하지만, "상대가 말하지 않는 것을 직접 물으면 안 된다"고 되뇌는 것. 그것이 어른들의 인간관계라면 이 책은 내가 읽은 가장 솔직한 성장소설이다.

가끔 그때가 생각난다. 94년, PC통신의 채팅방을 들락거리던 시절. 어디에도 하지 못한 얘기를 낯선 ID에게 털어놓곤 했다. 비밀이란 돌이켜보면 별것도 아니어서, 친구들이 모두 남처럼 느껴져요, 라거나 저는 너무 이기적인 아이여서 평생 아무도 사랑하지 못할 거예요, 같은 몹시 간지러운 대사가 대부분이었을 것이다. 그때 내가 정한 나의 ID는 myself였다. 그렇게라도 내가 누구인지 확인받고 싶었나 보다. 내가 누구인지 증명하고 싶었나 보다.

그때 나에게 힘내세요, 괜찮아요, 선의를 베풀어주던 사람들. 컴퓨터 앞에 웅크리고 앉은 그들의 뒷모습에 대해 언젠가는 정말 내 손으로 쓸 수 있을까? "난 여기 생활이 인터넷 채팅하는 것처럼 느껴져"라고 고토가 고백했을 때, 내가 조금 울었던 이유는 어쩌면 그것이다.

요시다 슈이치, 『퍼레이드』, 권남희 옮김, 은행나무

봄날

한꺼번에 밀어닥친 기억, 그날들이 이제는 정말로 지나가 버렸다는 인정

 바야흐로, 봄이다. 춘삼월을 사람 나이로 따지면 열대여섯 살 쯤 되지 않을까. 가슴속이 저릿저릿하게 새싹 움트는.

열여섯 살에 난 뭘 했더라. 심야 라디오방송에 심취해 늘 잠이 부족했고, 짝사랑 상대가 석 달에 한 번 꼴로 바뀌었으며, 앞 머리칼을 가위로 혼자 다듬었다가 망치는 바람에 부분가발을 사야 하나 진지하게 고민했던 것 말고는 별다른 기억이 나지 않는다. 아, 이거 하나만은 분명하다. 열여섯 살을 벗어나고 싶어 몸부림쳐댔던 것. 그랬다. 지금의 내가 아닌 다른 존재가 되고 싶다고 간곡히 열망했었다.

『내 무덤에서 춤을 추어라』의 주인공은 태어난 지 16세 9개월 된 소년이다. '헨리'라는 고상한 이름이 있지만 남들 앞에서 자신을 '핼'이라 소개한다. '지옥'과 같은 발음. 그런 식의 위악도 그맘때의 특권일 것이다.

소설은 핼이 친구의 무덤을 파헤치고 무덤 앞에서 '이상한 짓'을 하다가 체포되었다는 신문기사로 시작한다. 세상의 모든 객관적 사실이 그러하듯 그 뒤에는 숨겨진 이야기들이 있고, 그것은 핼의 자술서와 그를 면담하는 자선사업가의 보고서라는 이중 형식을 따라 펼쳐진다.

내성적이고 자의식 강한 문학소년이 어쩌다 무덤 훼손 사건이라는 반사회적 범죄의 용의자가 되었을까? 아니, 이 질문은 틀렸다. 그는 무덤을 훼손한 것이 아니라 춤을 추었을 뿐이니까. '마법의 콩'을 가졌던 특별한 친구와의 약속을 지키기 위하여. 아니, 이 문장도 완벽하지 않다. 그 친구는 사실 그의 사랑하는 연인이기도 했으니까.

소년과 소년 사이의 우정을 넘어선 사랑. 어떤 관계에 꼭 이름을 붙여야만 안심하곤 하는 사람들은 그것을 동성애라고 부를 수도 있겠다. 그러나 소년들은 세속의 명명과는 상관없이 그저 한 시절을 함께 질주하고 있었을 뿐이다. "속도가 저만치 앞에 있고 내가 그걸 잡으러 쫓아간다는 느낌"에 시달리던 시절, 하찮은 내 존재를 탈바꿈하고 싶다는 욕망과 타인에 대한 열정이 뒤섞여 착각을 일으키던 시절, 누구나 지나왔지만 다시는 돌아가지 못할 어떤 시절…… 『내 무덤에서 춤을 추어라』는 절망적이게 찬란하던 그 봄날에 관한 소설이다.

서랍 깊이 넣어두었던 봄옷을 꺼내다가 오래전 선물받은 실크스카프 한 장을 발견했다. 하늘빛 물방울무늬가 점점이 박혀 있는 얇은 스카프를 한동안 멍하니 바라보았다. 지난 봄날들의 기억이 한꺼번에 밀어닥쳤으나 동시에 그날들이 이제는 정말로 지나가 버렸음을 인정하지 않을 수 없었다.

봄날을 맞이하기도 전에 새 봄날 또한 가버릴 것을 미리 쓸쓸해하는 내 나이 올해 서른하고 몇인가! 열여섯 살 핼이 진지하게 묻는다. "경험은 은행에 돈이 쌓이듯 우리 안에 쌓이는 걸까? 거기에 이자도 붙어서 나중에 어떤 근사한 것을 살 수 있게 될까?" 나 대신 누가 좀 대답해 주면 좋으련만.

에이단 체임버스, 『내 무덤에서 춤을 추어라』, 고정아 옮김, 생각과느낌

양지

젊은 남녀 넷, 가슴속엔 말 못할 비밀 하나씩, 상처 주기 싫으니 숨길 수밖에

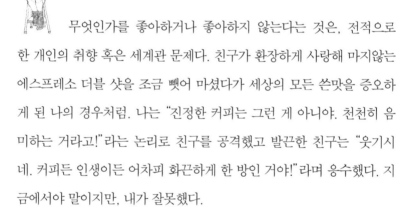

무엇인가를 좋아하거나 좋아하지 않는다는 것은, 전적으로 한 개인의 취향 혹은 세계관 문제다. 친구가 환장하게 사랑해 마지않는 에스프레소 더블 샷을 조금 뺏어 마셨다가 세상의 모든 쓴맛을 증오하게 된 나의 경우처럼. 나는 "진정한 커피는 그런 게 아니야. 천천히 음미하는 거라고!"라는 논리로 친구를 공격했고 발끈한 친구는 "웃기시네. 커피든 인생이든 어차피 화끈하게 한 방인 거야!"라며 응수했다. 지금에서야 말이지만, 내가 잘못했다.

어떤 한 작가에 대한 호오의 문제도 어쩌면 마찬가지일 것이다. 일본의 젊은 작가 요시다 슈이치의 소설들은 확실히, '필feel'이 통하는 독자에게 그 의미가 몇 배로 증폭되어 와닿는다. 에스프레소를 숭배하는 친구는 "무슨 소설이 이렇게 후딱후딱 읽혀? 또 결국 아무 해결책도 없잖아. 심심하고 사소한 내 인생을 굳이 소설 속에서 재확인하고 싶진 않

다고!"라며 투덜거렸다. 그러나 나는 "바로 그것과 똑같은 이유로, 내가 요시다 슈이치를 좋아하는 거야!"라고 까칠하게 응수하지 않았다. 세계 평화를 위해 그 정도는 해야 한다는 것을, 이제는 안다.

요시다 슈이치의 신작 『캐러멜 팝콘』은 가족과 연인 관계로 얽힌 젊은 남녀 네 사람의 이야기다. 그들은 각각 일인칭 화자가 되어 자신의 한 해, 봄여름가을겨울의 한 순간들을 고백한다. 다른 사람의 장章에서는 지극히 정상적이거나 별 고민 없어 뵈는 모습으로 등장하는 네 명의 인물들은 모두 가슴 깊은 곳에 저마다의 비밀 하나씩을 숨기고 있다.

누구는 동성을 사랑하고, 누구는 옛 애인과의 관계를 끊어내지 못하며, 누구는 술집에서 일한 과거를 가지고 있고, 또 누구는 출생에 얽힌 비극을 혼자만의 것으로 끌어안고 있다. 그러나 그들은 서로에게 결코 그 그림자를 내비치지 않는다. 치부를 들키고 싶지 않다는 마음에서라기보다는, 자신으로 인해 옆 사람이 상처받기를 바라지 않는 최소한의 배려 때문일 것이다.

한가롭기 그지없는 일상 아래에서 실은 모두들 파국을 막기 위해 아슬아슬한 영혼의 줄타기를 한다. 캄캄한 밤을 틈타 "나, 자신 없어"라고 말하는 아내에게 "나도 그래"라고 대답하는 남편. 그러나 그들은 이내 "자신감 같은 건 없어도 괜찮겠지"라고 장난기 어린 웃음을 지으며 다시 일년 동안 아마추어 극단에서 연극 연습을 지속할 것이다.

인간관계의 밝음과 어두움, 그 사이의 모순을 예리하게 포착한 소설이라는 점에서 『캐러멜 팝콘』이라는 번역판 제목보다 '양지'라는 의미를 가진 원제가 훨씬 담백하게 잘 어울린다.

그나저나 요시다 슈이치가 너무 덤덤해서 별로라는 친구에게 속으로 한마디. "누군가를 배신하고 싶어서 누군가를 좋아하는 사람은 없다. 누군가를 좋아하게 되어서 어쩔 수 없이 누군가를 배신하게 되는 것이다." 이런 문장을 쓸 줄 아는 작가를 어떻게 사랑하지 않을 수 있어?

요시다 슈이치, 『캐러멜 팝콘』, 이영미 옮김, 은행나무

젠틀맨

한 예민한 소년에게 영어는 머나먼 이국땅의 언어, 그 이상의 의미

모든 남자들은 한때 소년이었다. 턱밑에는 가뭇하고 빳빳한 수염이 어설프게 돋아나고, 이유없이 들끓는 욕망으로 아침마다 왼쪽 젖꼭지가 뻐근히 저려오기도 했을 것이다. 어른도 아이도 아니라는 건 어쩌면 아무것도 아니라는 뜻이다. 스스로가 무기력하고 하찮은 존재라는 자의식을 떨쳐버리고 싶어 세상의 소년들은 무언가를 맹목적으로 열망하는지도 모른다. 어떤 소년이 깡패를 꿈꾸고 어떤 소년이 사제를 꿈꾸듯이.

그리고 여기, 젠틀맨gentle man이 되고 싶어 가슴이 터져버릴 것 같은 녀석이 있다. 중국작가 왕강의 장편 『오, 나의 잉글리쉬 보이』의 화자 겸 주인공은, '랑리우쳰먼마오狼立屋前門毛'를 발음하는 순간 단숨에 영어라는 언어에 매료되어 버린 중학생 '류아이'다. 그의 곁에는 "롱 리브 체어맨 마오long live chairman Mao"라고 자상하게 바로잡아주

는 영어교사 왕야쵄이 있다. 교사의 성실한 지도에 따라 영어공부에 매진하는 중학생이라. 자녀 교육 때문에 노심초사하는 전 세계 비영어권 국가의 학부모들께서 입 딱 벌리고 부러워할 만한 일이다.

그러나 이 무슨 짓궂은 운명의 장난이란 말인가. 우리의 잉글리쉬 보이 류아이가 사는 시공간은 60년대 중국의 변방 우루무치인 것을. 촌구석 우루무치 한 귀퉁이라고 해서 문화혁명의 광풍이 비껴갔을 리 없다. 어른들은 생존을 위해 또는 알량한 권력욕을 위해 우스꽝스러울 만치 경직된 방식으로 이념적 명분을 지키며 살아간다. 권위주의적인 폭력은 일상 속에 깊숙이 침투하여 평범한 이들의 삶을 옥죈다.

이런 상황에서 한 예민한 소년에게 영어는 머나먼 이국땅의 언어, 그 이상의 의미이다. 지도자의 초상화를 잘못 그렸다는 이유로 아버지가 따귀 맞는 장면을 지켜보면서, 이웃의 자살에 공연히 활기차지는 부모의 이중성을 목격하면서, 소년은 소울soul이라는 단어를 암기한다. '영혼'이라는 말의 외연과 내포에 대하여 처음으로 고뇌하게 되는 것이다. 프리덤freedom, 러브love, 프렌드friend는 사전 밖으로 척척 걸어나와 소년에게 악수를 청한다.

시간은 흐르고, 소년은 자란다. 마을에 단 하나뿐인 선생의 영어사전에 그토록 집착하던 그는 결국 그것을 가지고 나서야, 사람과 사람 사이에 한마디 워드word로 정의하기 어려운 감정이 있음을 알게 된다. 때론 침묵만이 성장의 통증을 견디게 해주는 것처럼.

왕강, 『오, 나의 잉글리쉬 보이』, 김양수 옮김, 푸른숲

로스큰, 롤, 무시스

북유럽 끝자락의 시골마을, 기타리스트가 되고 싶어 안달하는 소년들

해가 지지 않는 긴 밤, 눈 덮인 삼나무 숲, 꽝꽝 언 채 넓게 펼쳐진 호수…… 동아시아의 우리는 지구의 끝을 상상할 때 흔히 북유럽을 떠올린다. 그런데, 이를 어쩔 것인가. 북유럽 시골마을 파얄라의 꼬마들은, 세계의 끝을 상징하는 장소가 '중국'이라고 생각하니 말이다.

파얄라? 그런 지명도 있어? 고개를 갸웃거리지는 마시라. 세상엔 우리가 아는 마을 이름보다, 모르는 마을 이름이 수백만 배 더 많다. 지금 아는 사람보다 앞으로 알아갈 사람이 훨씬 더 많듯이.

파얄라는 스웨덴의 북쪽 끝, 핀란드와의 접경지역인 토네달렌에 있다. 행정구역상으론 스웨덴 국민인 그곳 주민들은 '메엔키엘리'라는 핀란드어 방언을 쓴다. 스웨덴 사람도 아니면서 스웨덴어로 말하고 핀란드 사람도 아니면서 핀란드어로 말하는 것이다. "우리의 유년기는 결핍의 시절이었다. 정체성 결핍. 우리 조상은 스웨덴 역사에 아무런 흔적도

남기지 않았다. 우리는 아무것도 아니었다."

변방이며 경계인 그곳에 존재하지 않는 것은 국정교과서에 나오는 사슴과 고슴도치, 나이팅게일. 디즈니랜드 같은 테마공원, 왕자님과 공주님이 사는 으리으리한 성이나 대저택도 없다. 대신 그 마을에는 무지막지하게 많은 모기들과 벌목꾼 가장들, 그리고 로큰롤에 심취해 기타리스트가 되고 싶어 안달하는 어린 소년들이 살고 있다.

파얄라 출신의 작가 미카엘 니에미가 쓴 이 사랑스런 소설 『로큰롤 보이즈』를 읽고 있으면 그동안 한 번도 의식해 보지 못했던, 나하고는 아무 상관도 없는 줄만 알았던 60년대 북유럽 시골마을의 정경이 눈앞에 저절로 그려지는 듯하다.

정말 재미있는 건 그들의 삶이 우리의 삶과 별로 다르지 않다는 것이다. 할머니의 죽음을 맞아 천지사방에 흩어져 살던 일가친척들이 다 모여 "토네달렌의 비옥한 자궁 하나가 얼마나 많은 것을 생산할 수 있는지에 대한 명백한 찬사"를 보내고 그러다가는 갑자기 유산 분배를 놓고 티격태격한다. 노총각 삼촌의 결혼식은 졸지에 두 집안의 힘을 겨루는 팽팽한 접전의 장으로 바뀌고, 소년들은 미국의 사촌이 선물한 비틀스의 음반을 처음 듣는 순간 얼이 빠져버린다.

파얄라의 소년에게 '로큰롤 뮤직'이라는 단어는 '로스큰, 롤, 무시스'라고 발음되지만 그런 건 상관없다. 음악은 그저 음악일 뿐이니까. 비틀스를 들으며, 메아리치는 고요 속에 누워 있는 것 같다고 표현하는 소년에게 무슨 재주로 공감하지 않을 수 있을까. 그 보편성의 힘이야말로 일견 소박한 청소년 소설로 보이는 이 작품을 스웨덴 역사상 최고의 베스트셀러로 만들고, 전 세계 30개국에 번역 출간되어 호평을 받도록 한 원동력일 게다. 비틀스를 한번 들은 사람은 절대로 그전으로 되돌아 갈 수 없는 마법! 음악이란 그런 것이고, 삶이란 그런 것이다.

미카엘 니에미, 『로큰롤 보이즈』, 정지현 옮김, 낭기열라

무죄

불안과 죄의식에서 나를 구해줄, 믿음직한 오빠의 멋진 거짓말

여러 모로 평범한 대한민국 도시 중산층의 자녀로 자라난 나의 어린 시절, 놀랄 만큼 멋지고 매력적인 오빠가 있었으니 그 이름, 셜록 홈즈!

바깥세상 어딘가에서 내가 몰라야 할 불길한 일들—살인, 강간, 약탈, 방화 따위가 벌어지고 있다는 것을 눈치 챘을 무렵, 엄마는 홈즈를 사주었다. 불가사의한 사건들이 삶 안에 도사리고 있다는 두려움은, 그의 등장에 의해 대수롭지 않은 것이 되었다. 이 매력적인 해결사는, 얘야, 이 세상은 결국 설명 가능한 세계란다, 라는 말로 나를 안심시켜 주었다. 무사한 '홈즈 월드' 안에서 나는 곰 인형을 껴안지도 않고 편안히 잠들 수 있었다.

홈즈적 추리 소설의 패턴은 대개 비슷하다. 런던 경찰국의 경감들은 사건의 단서를 전혀 찾아내지 못한다. 사건이 미궁에 빠져 오리무중일

때, 셜록 홈즈가 나타난다. 그는 사건 현장의 사소한 흔적을(특히 그 부재의 흔적까지!) 경찰과는 다른 각도로 면밀히 관찰한다. 그는 위기의 순간에도 유머와 자신감을 잃지 않는 카리스마의 소유자이다. 범인과 팽팽한 두뇌싸움을 벌이고 결국 범인의 속임수를 밝혀낸다. 아직도 어리둥절한 동료들을 위해 그는 상세하게 사건의 선형적인 내러티브를 재구성하는 수고를 아끼지 않는다.

탐정소설 속의 기이한 범죄사건은 일상 안에 숨은 어떤 위협적인 돌발성을 암시한다. 그러나 걱정할 필요는 없다. 예리한 관찰력과 냉철하고 논리적인 사유로 무장한 우리의 탐정이, 이 부조리한 범죄에 관한 모든 것을 알고 있기 때문이다. 어떤 풍문도, 어떤 전설도 치명적인 위협이 아니다.

『바스커빌 가의 사냥개』에서 눈과 입에서 불을 뿜는 사냥개에 관한 소문은 초자연적이고 불가사의한 힘의 존재를 암시하지만, 우리의 명탐정은 곧 우리를 현혹시키는 거짓 장치를 논리정연하게 파헤쳐 준다. 명석하고 뛰어난 인간의 '이성'으로! 그러므로, 추리소설을 읽으며 '스릴'을 느낀다는 것은 거짓말일지도 모르겠다. 결말이 뻔한 소설을 읽는데 무엇 때문에 그리 마음을 졸인단 말인가? 통제가능하고 결국 이성의 질서 속에 편입될 수밖에 없는 불길함은 우리의 삶을 파괴하지 못한다. 불길한 악몽은 결국 설명 가능한, 뻔한 '인간사'로 귀결될 뿐인 것이다.

라깡을 통해 탐정소설을 읽은 슬라보예 지젝이, '전지전능한' 한 탐정과 정신분석가의 유비적 관계를 말하면서, 탐정을 '알고 있다고 추정

되는 주체'로 규정한 것은 흥미롭다. 지젝에 의하면 탐정이 사건을 추론하는 과정은, 언어처럼 구조화되어 있는 꿈속의 사물들을 통해 무의식을 분석해 내는 정신분석의 과정에 비견된다. 범인이 범죄를 은폐하기 위해 자연스러운 것처럼 짜맞춰 놓은 거짓 이미지의 '세부'에 주목하여 그 자연스러움을 벗겨내는 것이 탐정의 추론 과정이다. 탐정이 분석하는 범죄장면은 살인자의 언표작용이 관여하는 언어처럼 구조화되어 있는 의미의 영역이다.

탐정은, 어떤 세부는 사건으로 발생하지 않았다는 사실, 그 부재 자체를 의미 있는 것으로 이해하는 능력을 지녔다. 그것은 흔적의 부재를 흔적으로 인식하는 정신분석가의 능력과 같다. 비합법적인 진행의 순서를 합법적인 순서로 변형시키는 것, 악몽을 상징적 현실로 통합시키고 '정상 상태'의 재확립을 가져오는 것이 탐정과 정신분석가의 역할이다.

탐정은 세상을 떠다니는 죄의식을 단일한 주체로 국한시키고, 이를 통해 모든 사람의 혐의를 벗겨줌으로써 우리를 죄의식의 궁지로부터 벗어나게 해준다고 지젝은 분석한다. 탐정은 우리 중의 한 사람이 현실의 차원에서 살인자가 될 수 있다는 '내적' 진실을 폐기시켜 준다. 또한 탐정은 그가 밝혀낸 용의자를 우리 모두의 무죄의 보증인으로 만들면서, 우리의 욕망을 실현시키고 우리의 모든 죄를 방면시켜 준다. 그런 의미에서 탐정은 '그 속죄양이 실제로 유죄라는 사실을 증명'하는 고마운 존재일지도 모른다. 범죄행각을 은폐하려는 범죄자의 기만이 결국 탄로나게 될 허약한 기만이라면, 우리의 두려움을 벗겨주는 셜록 홈즈의 기만은 강력한 이중기만이다.

셜록 홈즈 완역본에서 우리의 완벽한 탐정이 코카인을 하는 대목이 있다는 것이 흥미롭다. 자신이 좋아하는 긴 의자에 몸을 파묻은 채 마약에 취해 있는 그의 모습은 천재적이고 도덕적인 인물로서의 그의 이미지와는 사뭇 다르다. 이성적 추론의 힘에 의해 모든 것을 설명해낼 수 있다는 믿음의 화신 홈즈가, 평소에는 일상의 권태를 못 견뎌하는 상습적 마약 복용자였다는 사실은 씁쓸한 아이러니를 준다.

어린 딸에게 아동용 셜록 홈즈 시리즈를 사주었던 내 어머니의 교육적 의도는 무난히 성공했다. 나는 몰염치한 범죄자를 모방하려 하기는커녕 '선'과 '악', '우리 편'과 '남의 편'을 구별할 줄 아는 반듯한 성인이 되었다. 그리고 아직도 불안과 죄의식으로부터 나를 구원해줄, 믿음직한 '오빠'의 멋진 거짓말을 기다린다. 바깥세상은 여전히 흉흉하고, 언제나처럼 나는 무사할 테지만.

아서 코난 도일, 『바스커빌 가문의 개』, 백영미 옮김, 황금가지

우정

먼저 떠나간 친구의 컴퓨터 하드디스크를 슬쩍 지워주는

이토야마 씨, 지금 제 눈앞에는 어제 날짜로 막 출간된 일본어판 『달콤한 나의 도시』가 놓여 있습니다. 여기 당신이 직접 써준 추천사가 들어 있네요. "마음으로부터 은수를 꽉 안아주세요." 어쩌면. 정말로 당신다운 문장이군요. 제 입가에 따뜻한 미소가 씩 번집니다.

당신의 아쿠타가와 수상작 『바다에서 기다리다』를 읽은 건 당신을 만나기 위해서였습니다. 2007년 3월 22일 당신의 서울 강연회에서 제가 진행을 맡기로 했기 때문이에요. 일정표에 따르면 우리는 당신이 서울에 도착하는 날 저녁부터 사흘 내내 만나기로 되어 있었지요. 당사자의 책을 한 권도 읽지 않은 채 손님을 맞이하는 건 예의가 아니다 싶어 『바다에서 기다리다』의 첫 장을 펼치게 되었습니다.

그전에도 대형서점 서가에 꽂힌 당신의 책들을 본 적이 있습니다만, 손을 뻗을 생각은 하지 않았어요. 지금 우리나라에는 너무나 많은 일본

작가의 소설들이 경쟁적으로 번역 출판되고 있고, 저는 그것들을 일일이 찾아 읽을 만큼의 열의는 가지고 있지 못하니까요. 고백컨대 자국 작가들보다 동시대 일본 젊은 작가들의 신작이 더 자주 쏟아져 나오는 현실에 대해 얼마간은 복잡한 심정이기도 했습니다.

이상하지요? 누군가가 쓴 문장들을 가만히 들여다보고 있으면, 어쩐지 그가 어떤 사람인지 조금은 알 수 있을 것 같다는 생각이 들곤 해요. 당신의 문장들은 놀랍도록 쉽고 덤덤했습니다. 공연한 멋이나 기교를 부리지 않았고 앞을 향하여 묵묵히 나아가면서도 묘한 유머를 품고 있었습니다. 화려하고 자극적인 양념 없이 슴슴하게 간을 맞춘 맑은 국물을 떠먹는 느낌이었다고 할까요.

중편 분량의 소설을 정신없이 읽고 났을 때 제 가슴속에서 무언가가 가늘게 흔들렸습니다. 아주 작은 것. 말로는 설명할 수 없는 것. 돌이킬 수 없는, 반짝이는 것. 『바다에서 기다리다』를 읽고 감동받았다는 말을 제가 했던가요? 하지 못했다면, 동업자끼리의 쑥스러움 탓이었을 겁니다.

실제로 만난 당신은 당신의 문장들처럼 담백한 사람이었습니다. 이소설에 나오는 인물 '후토쨩'이 정말 당신의 친구라는 이야기를 해주었지요. 옛 동료 후토쨩이 소설 속에 자신을 등장시켜 달라고 졸라서 당신은 "그럼 네가 죽어야 하는데 괜찮겠어?" 하고 물었다고 했어요. 그래도 상관없다며 마냥 기뻐했다던 후토쨩. 이토야마 씨, 우정이란 그런 것인가 봅니다. 둘 중 하나가 먼저 죽으면 남겨진 자가 떠난 자의 컴퓨터 하드디스크를 폐기해 주기로 '바보 같은 약속'을 하는 소설 속 그들처럼 말이에요.

우리들은 도시락상자 혹은 관棺처럼 생긴 하드디스크 하나씩을 깊숙한 곳에 숨기고 삽니다. 자신에게 무슨 일이 있으면 별 모양 드라이버로 컴퓨터를 열고 '고요하기 그지없는 은색 거울 같은 원반'을 꺼내어 아무도 못 보게 쩍쩍 긁어달라고 부탁할 수 있는 친구를 다들 가지고 있을까요? 아, 물론 그 친구도 절대로 내용물을 보아서는 안 되지요. 그 정도만 믿을 수 있는 타인이 있다면 벼랑 끝에서도 덜 외로울 것 같다는 생각이 사무칩니다.

이토야마 씨, 언젠가는 군마에 꼭 놀러가겠습니다. 후토짱과 함께 따뜻한 술 한 잔 나눠요. 부디 건필하시길…….

이토야마 아키코, 『바다에서 기다리다』, 권남희 옮김, 북폴리오

전쟁

내 세계가 한없이 연약하다고 느껴질 때, 그래도 다시 책상 앞에서 싸워야지

운명이 보내는 이유 없는 악의를 감지하게 될 때, 둔중하고 치명적인 힘이 자존심을 훼손하려 들 때, 당신은 어떻게 하는가? 나는 샨 사의 소설을 읽는다.

우리는 딱 한 번 만났다. 지난여름 그녀가 서울에 왔을 때였고 한 신문사 주최로 대담을 나누는 자리였다. 약속시간은 이른 오전이었는데 그녀는 조금 늦게 나타났다. 세계 어느 곳에 가더라도 아침운동을 거르지 않는다고 했다. 내게는 그밖에도 샨 사에 대한 많은 정보가 있었다. 중국에서 태어나 신동으로 불렸으나 열아홉 살에 그곳을 떠나 파리로 갔다는 것, 모국어가 아닌 프랑스어로 쓴 소설들로 국제적 명성을 얻었다는 것, 작품 속에 등장하곤 하는 강인한 여성의 모습이 작가 자신을 연상시킨다는 것.

그러나 그녀와 마주한 순간 새로 알게 된 사실은 단 한 가지였다. 그

어떤 신화와 풍문에도 불구하고 이 작은 여자가 강건하게 살아남았다는. 신작의 주인공이 알렉산더 대왕이라는 이야기를 하며 반짝이던 작가의 눈빛을 생생히 기억하기에 『알렉산더의 연인』을 펼치는 마음이 더 각별했다.

32세에 요절했다는 알렉산더 대왕. 그는 구체적 실재라기보다는 정복자의 대명사로 후세에 알려져 있다. 기원전 4세기, 그리스 페르시아 인도에 이르는 대제국을 건설했다는 그가 얼마나 위대한 사람인지 나는 판단하지 못하겠다. 작가 역시 이 문제에 별 관심이 없다. 다만 냉혹하게 말할 뿐이다. "각자에겐 자기만의 전쟁이 있다. 각자에겐 자기만의 광기가 있다."

역사적 박제가 되었던 알렉산더 대왕은 작가의 손끝에서 피와 뼈, 불안과 기쁨, 혼돈과 사랑을 품은 인간으로 되살아난다. 모든 것을 지배했으나 제 안에서 소용돌이치는 광풍은 다스릴 수 없어, 세상의 경계 너머로 끝없이 달려가고자 했던 한 젊은 인간이 거기 있다.

알렉산더의 대척점 혹은 그의 내면에 위치한 이가 시베리아의 아마존 여왕 탈레스트리아(알레스트리아)이다. 한국어판 제목 『알렉산더의 연인』으로 출간된 이 작품의 원제가 사실 '알렉산더와 알레스트리아 Alexandre et Alestria' 라는 데에서 알 수 있듯 알레스트리아는 알렉산더와 동등한 위치에서 대립하고 사랑하는 여성이다. 이들은 결국 자기만의 전쟁, 자기만의 광기를 내려두고 평화로운 해방 속에 함께 안긴다. 뒷부분으로 갈수록 서사가 사라지고 모호해지는 구조가 고개를 갸웃거리게 만들기도 하지만, 거침없이 아름다운 문장들의 질서는 누가 뭐래도 이것이 샨 사의 작품임을 증명한다.

　우리는 동갑이다. 글 쓰는 사람으로서 문득 내가 쌓아온 세계와 쌓아가야 할 세계가 한없이 연약하다고 느껴질 때, 전갈자리에 태어났다며 "아이 엠 어 스콜피온"이라고 당당히 웃던 그녀의 얼굴이 떠오른다. 그리고 곧, 그래도 다시 책상 앞에서 싸워야지, 생각하게 된다. 아무럼 소설 쓰기란 '우리 영혼의 비밀을, 사랑의 비밀을, 힘의 비밀을' 미래의 소녀에게 바치는 일일 터이니.

　샨 사, 『알렉산더의 연인』, 이상해 옮김, 현대문학

어머니

나를 있게 만든 존재가 더 이상 이곳에 실존하지 않는 순간

엄마라는 발음은 애틋하다. 엄마. 무의식보다 먼저 양수 속을 스며든 이름, 제 몸을 찢고서 세상과 나 사이의 다리가 된 이름. 이제 더는 그 이름을 부를 수 없게 되었다는 느낌은 어떤 것일까.

『어쩌면 그곳은 아름다울지도』의 작가 야콥 하인은 그것을 커다란 공허감이라고 말한다. "사방이 온통 막힌, 깊고 검은 공허감"이라는 표현이 칼끝처럼 가슴에 닿는다. 살면서 목격해야 하는 가깝고 먼 죽음들 중에서도 유달리 어머니의 경우가 애통한 까닭은 우리가 누구나 어머니의 몸을 통해 지상에 왔기 때문일 것이다. 나를 있게 만든 존재가 더 이상 이곳에 실존하지 않는 순간, 나라는 존재는 근원 없이 낯선 모퉁이에 홀로 남겨진 셈이 돼버릴 테니.

다 읽고 나서도 이 책이 소설인지 소설이 아닌지 판단할 수 없었으나 그런 것은 중요하지 않다. 책에서와 마찬가지로 저자인 야콥 하인의 어

머니는 유방암으로 세상을 떠났다. "나는 스물일곱 살이고 신호등이 초록빛으로 바뀌기를 기다리면서 횡단보도 앞에 서 있다. 어머니는 괜찮을 것이다"라는 진술로 시작되어, 길다고도 짧다고도 할 수 없는 투병의 나날들, 그리고 마침내 임종을 맞을 때까지의 일들이 아들의 시점으로 펼쳐진다.

죽음과 맞서고 있는 어머니의 현재를 이해하기 위하여 아들은 어머니의 삶을 담담하게 되돌아본다. 그의 어머니는 유대인이었다. 엄밀히 말하면 그녀의 아버지가 '반半 유대인'이었으니 그녀는 '1/4 유대인'이다. 원래 유대인 여성들은 유방암에 잘 걸리는 유전인자를 가지고 있어서 어머니도 유방암에 걸렸으리라고 아들은 추측한다. 구동독에서 태어나 십대 시절 베를린 장벽이 무너지는 경험을 했던 아들 역시 ('1/8 유대인'인) 자신의 정체성과 종교적 소속감에 대해 늘 고민해 왔다.

그러나 어머니의 어머니는 유대인이 아니었고 결국 어머니는 죽어서 유대인 묘지에 묻히지 못한다. 아들은 비로소 자신의 한 부분을 보다 선명히 알게 된다. 어머니가 유대인이 아니라면 두말할 나위도 없이 그 자식도 유대인이 아닌 것이다. 일반 묘지에 묻힌 그녀의 혈통을 따지는 건 이미 부질없는 일이다. 아들이 되살려내는 기억의 파편들 속에서 조각조각 드러나듯 그녀는 강인하고 유머러스하고 따뜻한 여성이었으며, 진심으로 사랑받고 사랑할 줄 아는 한 인간이었다.

남겨진 이는 어떻게든 사는 법이라는 말이 항상 무책임한 상투어만은 아니다.

그러면서 나는 서서히 깨닫게 되었다. …… 나는 정신을 놓지는 않았으며 계속해서 살아가고 있다는 것을. 왜냐하면 나는 그래야 하므로. 삶이 언제까지나 예전과 똑같을 수만은 없는 일이니까. 내 인생에는 이제 어머니는 함께하지 않는다. 그 점은 절대로 달라지지 않는 것이다.

아득한 체념과 먹먹한 슬픔 속에서, 세상의 아들들은 그렇게 어른이 되어간다.

야콥 하인, 『어쩌면 그곳은 아름다울지도』, 배수아 옮김, 영림카디널

자연스럽게

망치와 못

절묘한 우연일까, 지독한 농담일까

이것은 존 치버의 소설이다. 더 이상 무슨 설명이 필요할까. 우리나라에 존 치버의 장편이 처음 출간되었다는 것, 게다가 무려 '전집'의 형태로 계속 나올 예정이라는 소식을 연달아 들었을 때 나는 흥분 상태에 빠졌다.

어떤 작품을 읽는다는 건 전혀 모르고 살던 하나의 세계와 조우한다는 뜻이다. 몇 해 전, 한 친구가 자신이 읽은 최고의 소설은 존 치버의 『주홍빛 이삿짐트럭』이라는 말을 했다. 하지만 지금은 시중에서 구입하기가 좀 힘들지 모른다는 말도 덧붙였다. 93년에 출간되었다는 그 소설을 인터넷 서점에서 검색해 보니 품절이라는 글자가 함께 떠 있었다. 우여곡절 끝에 구해 읽으며 느꼈던 감동이 아직 생생하다. 바로 이런 것이 좋은 단편이고 현대적 의미의 고전이구나, 싶었다. 그리고 내가 하고자 하는 문학의 모습에 대해 깊이 생각하는 한 계기가 되었다.

그 이후 존 치버의 다른 책들을 좀 더 읽고 싶다는 나의 바람은 참으로 소박하고 또 당연한 것이었다. 그러나 쉽게 이루어질 수 없는 것이기도 했다. 일본 신인 작가들의 별의별 소설들조차 실시간 번역 출간되는 시대에, 미국 현대문학의 거장 중 하나라는 평가를 받고 있는 존 치버의 작품들이 왜 이제야 한국에 제대로 소개되는 건지 아직도 의아스럽기만 하다.

너무 오래 기다려 읽은 『불릿파크』, 그 기다림이 헛되지 않을 만큼 역시 훌륭하다. 불릿파크는 말 그대로 탄환 저장소일수도 있고 아닐 수도 있다. 그곳은 또 뉴욕 근교의 중산층 주거공간이기도 하다. 사람들은 그곳에다 그림 같은 이층집을 짓고 일부일처제라는 규칙을 충실히 신봉하고 산다. 사내들은 아침마다 양복을 떨쳐입고 세상에서 가장 건전한 자세로 팔을 휘저으며 통근 열차에 올라타 뉴욕으로 출근한다. 티끌만 한 고통과 괴로움의 가능성도 없어 보이는 곳, 있어서는 절대 안 되는 곳이 불릿파크다.

그곳의 모범적 주민 네일즈는 아내와 아들을 진심으로 사랑하며, 하나뿐인 아들을 통해 자신의 미래를 보상받을 수 있으리라 믿고 사는 보통 남자(로 보인)다. 십대의 아들 토니가 어느 날 갑자기 제 방 침대에 드러누워 꼼짝하지 못하는 사태가 벌어지기 전까지 그의 삶은 무덤덤하고 안전했다. "사람마다 제각기 자기 몫의 기쁨과 힘든 일과 돈과 사랑이 있다는 것. 어디에서나 볼 수 있는 지독히 불공평한 행운이 자기에게는 돌아오지 않는다는 것을 어렴풋이 느꼈다."

삶의 적의는, 잔잔한 호수 밑바닥에 시치미 떼며 웅크리고 있는 괴물처럼 한순간 우리를 급습한다. 망치와 못은 단단한 콘크리트 벽에 작지만 치명적인 구멍을 만든다. 소설의 두 축을 담당하는 인물들이 각각 '망치'와 '못'이라는 뜻의 이름('해머'와 '네일즈')을 가졌다는 건 절묘한 우연일까, 지독한 농담일까. 소설을 덮은 뒤에도 우리의 생은 "늘 그랬던 것처럼 아주 아주 순탄하게 잘 풀려 갈" 테지만 말이다.

존 치버, 『불릿파크』, 황보석 옮김, 문학동네

균열

어떻게 살아도 결국 막막할 뿐인 보통 사람들의 인생에 대하여

레이먼드 카버를 처음 읽었을 때 나는 지리멸렬한 이십대의 한가운데를 통과하고 있었다. 96년이나 97년쯤 되었을까. 아니 정확한 연도 같은 것은 중요하지 않다. 숫자로 정의하는 것이 무의미한, 지나고 보면 그런 시간이 있는 법이니까. 스물다섯 언저리의 그때, 일상이 덤덤하고 무기력하게 느껴지는 건 내 나이가 어정쩡하기 때문이라고 생각했었다.

맨 처음 접한 단편은 「발밑에 흐르는 깊은 강」. 소설은 감동적이라기보다는 불안하고 불명료하고 모호한 떨림을 내재하고 있었다. 그것은 분명 퍽 새로운 독서 체험이었다. 밑바닥으로부터 서서히 삶의 균열이 일어나고 있다. 그 안에서 인물들은 미세하게 흔들린다. 한 발을 더 내디디는 순간 끝 간 데 없는 절벽 아래로 추락해 버릴지도 모른다. 작가가 일인칭시점의 화자로 선택한 것은 중산층 출신의 가정주부다. 그녀

의 남편이 어느 날 친구들과 낚시를 갔다가 소녀의 시체를 발견하고 경찰에 신고하는 일이 없었더라면, 그녀의 생에는 아무런 문제도 없었을 것이다.

사실 그녀의 남편이 소녀의 살인과 관련이 있는지는 명확하게 드러나지 않는다. 소설이 진행되고 일인칭 여성 화자의 불안이 조금씩 커감에 따라 독자들의 가슴도 기이하게 옥죄어 온다. 마지막까지 작가는 아무것도 위로하지 않는다. 확실한 결론을 내려주지도 않는다. 평온해 보이던 중산층의 일상에 미묘하게 드리워진 검은 그림자에 대하여, 어떻게 살아도 결국 막막할 뿐인 보통 사람들의 인생에 대하여, 차분하고 냉정한 관찰자의 시점으로 그저 한 컷 한 컷 셔터를 누를 뿐이다. 소설가 김영하의 표현을 빌리자면 "소설이 끝난 후에야 독자들은 자신의 벗나무가 잘린 것을 안다."

소설집 『제발 조용히 좀 해요』는 레이먼드 카버 전집 중 첫 번째 권으로, 카버의 숙련기 대표작들을 모은 단편집이다. 표제작 「제발 조용히 좀 해요」에서 두 남녀 랠프와 매리언은 매우 정상적이며 반듯한 연애를 거쳐 '사랑의 완성'인 결혼에 골인한다.

그들은 진지한 학생들이었고, 양가 부모도 마침내 그들의 결혼을 허락했다. …… 그들은 성 제임스 성공회 교회에서 결혼했다. 결혼식 전날 밤 그들은 손을 맞잡고 결혼의 흥분과 신비를 영원히 간직하기로 서약했다.

그러나 대개의 서약은 시간 앞에서 허공으로 기화된다. 몇 년 뒤 랠프는 매리언이 결혼생활 중의 어느 한때 다른 남자와 밀회를 가졌다는 사실을 고백받게 된다. 그리고 어떻게 될까? 남편은 당연히 화를 내고 방황한다.

도대체 어떻게 해야 하는가? 물건을 챙겨서 떠나야 하나? 호텔로 가서 몇몇 문제들을 조정해야 하나? …… 그러나 이제 어떤 일들을 해야 하는지는 알지 못했다. …… 지금 이 순간 이 상황이 아니라, 오늘과 내일에 대해서가 아니라, 지상에서 살아갈 매일매일에 대해 무엇을 해야 하는지 알지 못했다.

하지만 카버는 판타지 소설가가 아니다. 랠프에게는 어린 두 아이가 있고, 인생살이가 힘들어도 결국 보답을 받을 거라고 충고하는 아버지가 있으며, 난로 위에 준비된 따뜻한 아침식사가 있다. 제도와 일상의 공모가, 그 허위가 발가벗겨졌지만 랠프는 익숙한 '이곳'을 버리고 떠나지 못할 것이다. '넓고 푸른 바다를 가로질러 항해하는 쾌속 범선'이나 '작고 검은 역마차'들은 욕실의 비닐 샤워 커튼과 식탁보 속에나 박제되어 있는 불가능한 꿈이다. 레이먼드 카버는 '미니멀리스트'가 아니라 '냉혹한 리얼리스트'라고 재명명되어야 한다.

혹자는 카버에 대하여, 아직 헤밍웨이의 제대로 된 전집도 존재하지 않는 한국의 상황에서 하드커버 전집이 나올 정도인지 의아해하기도 한다. 미국문학 또는 세계문학에서 '공인된' 위치에 올랐는지를 꼼꼼히 따져봐야 한다는 이들도 있다. 개인적으로는 이런 분들에게 "지금 냉장고나 휴대전화기의 브랜드를 고르시나요?"라는 질문을 하고 싶어진다.

무라카미 하루키의 극성스런 칭찬과 함께 이 땅에 당도했다는 사실 때문에 오히려 카버의 작품세계에 관한 논의가 특정한 방식으로 한정지어진 측면이 있다. 하루키 단편들의 어떤 부분이 카버의 세계와 관련되어 있다는 논의는 물론 가능하지만, 하루키가 한국의 일부 90년대 작가들에게 미친 영향을 확대 해석하여 현재의 '카버 붐'이 한국 젊은 작가들의 창작에 모종의 문제를 야기할 것이라는 심려는 난센스에 가깝다. 카버가 사회적 역사적 맥락을 완전히 배제한 채 초라한 현실의 편린들을 전망 없이 제시하는 데에 그치고 있다는 우려는 또 어떤가. 오히려 그 안에, 시대와 문학의 관계에 대한 뿌리 깊은 고정관념이 단단히 똬리를 틀고 있지 않은지 돌아볼 필요가 있다. 스물다섯 살도, 서른다섯 살도, 혹은 쉰다섯 살도 여전히 어정쩡한 나이라는 비밀을 알려주는 것이 문학의 소임은 아닐까.

어떤 지면에선가 카버는 이렇게 말했다고 한다. "뛰어난 재능을 가진 사람은 얼마든지 있다. 그러나 사물을 바라보는 특별한 방법을 가진 작가, 또한 그러한 방법을 아름답게 표현할 수 있는 능력을 가진 작가는 좀처럼 찾아보기 힘들다." 이 말이 진실이라면 레이먼드 카버야말로 "좀처럼 찾아보기 힘든" 바로 그 작가다.

레이먼드 카버, 『제발 조용히 좀 해요』, 손성경 옮김, 문학동네

항해

"이건 신나는 모험이야" 둘러대는 건 스스로를 속이기 위한 거짓말

세상에 같은 바다는 없다. 늘 변함없는 망망대해의 풍경으로 펼쳐져 있는 듯 보이지만 사실 오늘 마주하고 있는 이 바다는 어제 지나 온 것과는 다른 바다. 시간의 움직임이라는 마법 때문이다. 인생을 살아가는 일과 바다를 건너는 항해가 닮았다면 소소한 시간의 매듭들, 눈에 보이지 않는 그 마디들이 모여 이루어져 있다는 점에서일 것이다.

바다를 건너는 배가 모두 타이타닉 호 같은 호화 유람선이거나 거대 유조선인 건 아니다. 마찬가지로, 역사에 기록될 만한 큰 족적을 남긴 사람이나 극적인 삶을 산 사람만 항해에 나서는 건 아니다. 모든 사소하고 하찮은 인생들도 저 끝없이 이어진 물길 위에 배를 띄워야만 한다.

『브로크백 마운틴』으로 잘 알려진 작가 애니 프루의 퓰리처상 수상작 『시핑 뉴스』를 우리말로 번역하면 '항해 뉴스'쯤 될 터다. 소설은 보잘 것없는 한 사내의 보잘것없는 항해에 관한 이야기이다. 퀴일은 선미판

이 너무 낮을뿐더러 모터간, 제대로 된 등, 부력 장치, 노, 조난신호기와 안전 체인조차 없는(그럼 대체 뭐가 있단 말인가!) 작은 배에 몸을 싣고서 바다로 나선 곤궁한 남자다.

도시에서, 남자의 삶은 진즉 진흙탕에 처박혔다. 부모는 자살하고, 부정을 저지르던 아내는 가출 길에 비명횡사하고, 직장을 잃었다. 어린 두 딸을 홀로 보살펴야 하는 처지에 놓인 쿼일이 뉴욕을 떠나 정착하게 된 곳은 황량한 항구마을 뉴펀들랜드다. 50년 전에 떠나온 부모의 고향일 뿐 그에게는 아무런 의미도 없는 곳이다. 절망의 밑바닥으로 곤두박질쳤던 도시를 떠나, 산 넘고 물 건너 낯선 땅으로 향하면서 그는 마치 추방당하는 자의 심정이었을 것이다. "아빠, 우리 지금 무서운 거야?"라고 묻는 딸애에게 "아니다, 아가, 이건 신나는 모험이야"라고 둘러대는 건 스스로를 속이기 위한 뻔한 거짓말이다.

그러나 하나의 매듭이 끝나는 순간은, 또 다른 매듭이 시작되는 때이기도 하다. 암울하게만 여겨지던 새 땅은 어느새 단단한 삶의 터전이 되고, 이웃들과는 아주 천천히 서로의 마음자리를 나누는 깊은 친구 사이가 되어간다. 구사일생의 운명을 타고난 자에게만 일어나는 기적일 리 없다. "생이란, 바위와 바다 그리고 그것들을 배경으로 잠시 스쳐가는 작고 하찮은 인간과 동물에 지나지 않는다"는 수수한 진실을 혼자 힘으로 발견하게 된 인간이라면 그 정도 항해 지도쯤은 의당 선물받을 자격이 있다.

이제 '인생을 보다 깊고 분명하게 보는 편광렌즈'를 가지게 된 남자는 새로운 바다를 볼 수 있게 되었다. 기약 없는 바닷길에서 그는 예전보다 조금 담담해질 것 같다. "매듭 속에 바람이 갇히고, 고통이나 불행이 없는 사람도 가끔은 있으리라"는 믿음이 어긋난대도, 결코 닻을 내리지 않을 것 같다. 밧줄의 용도가 새롭게 생겨나는 한 새로운 매듭은 계속해서 생겨날 것이기에…….

애니 프루, 『시핑 뉴스』, 민승남 옮김, Media2.0

단칸방

아마추어 예술가는 맘 편히 몰두할 수 있는 작업공간이 절실하다

모든 사단은 지상의 집 한 칸에서 비롯되었다. 누군들 그렇지 않겠느냐마는, 중국 하마성 화학비료 공장의 6년차 노동자인 샤오 빈은 새 아파트가 간절히 필요하다. 아내의 회사 기숙사에 딸린 단칸방에서 세 식구가 살아왔는데, 아내의 바가지는 나날이 심해지고 아이는 쑥쑥 자라나고 있으며 무엇보다 아마추어 예술가인 자신이 맘 편히 서예와 그림에 몰두할 수 있는 작업공간이 절실하기 때문이다. 아아, 정말 누군들 그렇지 않겠느냐마는, 이 동네나 저 동네나 사는 건 참 고단하다.

그는 공장에 새로 할당된 새 아파트에 입주할 수 있으리라는 꿈에 부푼다. 하지만 세상일이 어디 맘대로 되던가. 주택관리위원회가 발표한 입주자 명단에 미스터 빈의 이름은 쏙 빠져 있다. 그는 절망한다. 어떻게 이런 일이! 그리고 곧 분노한다. 언제나 그래왔듯 이번에도 지도자 동지들의 농간이 작용한 게 분명해! 이렇게 그의 기나긴, 우스꽝스럽고

115

외로우며 처절한 투쟁의 역사가 개막된다.

정신없이 읽다가 마지막 장을 넘긴 뒤 콧구멍 평수를 넓히며 '야 이거 이렇게 재밌어도 되는 거야!' 라는 탄식을 뱉게 되는 소설. 『니하오 미스터 빈』이 바로 그렇다. 유머와 아이러니가 동시에 들어 있는 간결하고 날렵한 문장들. 또한 이 문장들은 한 치도 허투루 낭비되지 않고 주제와 충실히 어우러진다.

미국에서 활동하는 중국계 작가 하 진의 솜씨다. 그는 영어로 소설을 쓴다. 그의 이력은 퍽 이채롭다. 14살부터 20살까지 중소 국경에서 인민해방군으로 근무했고 서른 살이 다 되어서야 미국으로 건너갔으며 천안문 사태로 귀국을 포기했다고 한다. 중국 음식점 웨이터 보조와 공장 야간 경비원 등의 아르바이트를 하면서 영문학 박사학위를 마쳤고, 지금은 보스턴 대학의 교수다.

그의 소설들이 '펜/포크너 문학상' 등 무수한 상들을 받았으며 30개국의 언어로 번역되어 전 세계에서 읽히고 있다는 책날개의 설명을 보면서 불쑥 치미는 궁금증을 참을 수 없다. 그럼 중국에서는? 내부자의 경험을 통하여 외부자의 시선으로 중국 사회를 들여다보는 이 소설이 (작가의 모국어인) 중국어로 번역되어 (작가의 모국인) 중국에서 즐거이 읽힐 수 있을까? 그게 가능한 일일까? 어쩐지 자신이 없다. 하 진의 손끝에서 파헤쳐지는 현대 중국 사회의 모습이 징글징글하도록 모순적이고 끔찍하도록 현실적이기 때문이다. 물론 우리 사회가 크게 다르리라고는 결코 장담하기 어렵다.

이 소설을 읽으면 꽤 많은 걸 알게 된다. 사사로운 욕심과 정의가 인간 내면에 혼란스런 무늬로 뒤섞여 있다는 것. 완강해만 보이는 사회적 제도가 실제론 무척 허술하게 운영되고 있다는 것. 그러나 제 힘으로 거길 벗어났다고 믿는 개인은 그래봐야 겨우 조그만 연못 속을 뱅글뱅글 헤엄치고 있을 뿐이라는 것. 웃음 끝에 불현듯 오싹해진다.

하 진, 『니하오 미스터 빈』, 왕은철 옮김, 현대문학

고향

'집'에 가기 위해 길 위로 나선 이들, 일상과 이상향이 다른 이들

72년 11월 25일. 서대문의 산부인과, 플라타너스 잎사귀만 한 유리창이 달린 작은 방에서 나는 태어났다. 어머니와 아버지가 태어난 방이 얼마만한 곳이었는지 모르지만, 깊은 우물이 있는 마당 너른 고향집 같은 것은 그들도 가지고 있지 않았다.

유년기의 명절들은 신문에서 연휴 방송 프로그램 편성표를 오려내는 행위로 시작되었다. 방바닥에 배를 깔고 엎드려 특선영화 제목마다 동그라미를 쳤다. 〈벤허〉나 〈007〉은 제대로 끝까지 본 적 없음에도 불구하고 예닐곱 번은 반복하여 본 듯이 느껴졌다. 뉴스에서는 자동차들이 꼬리를 물고 늘어서 있는 고속도로 풍경을 오래도록 비춰주었다. 그 길고 긴 귀향 행렬을 나는 멀뚱멀뚱 바라보곤 했다. 저들이 무엇을 향해 순례의 고행을 떠난 것인지, 나로서는 결코 알 수 없으리라는 희미한 예감이 들었다. 어쩌면 나는 질투하고 있었을 것이다. '집'에 가기 위해

길 위로 나선 이들을. 일상과 이상향이 다른 이들을.

떠난 적 없는 자는 그리워할 것도 없다고, 나는 오랫동안 그렇게 생각해 왔다. '떠나온, 그러므로 돌아갈 어딘가'를 가슴 깊이 품고 살아가는 사람들은 이토록 비루한 도시적 현실을 견디기가 좀 더 수월할 거라고 짐작하기도 했다.

재미교포 작가 수키 킴의 소설 『통역사』에는 다섯 살 때 한국을 떠난 이십대 여성이 나온다. 그녀는 스스로 '소속감이 없다'고 말한다. 누군가 고향이 어디냐고 물으면 플러싱, 브롱크스, 퀸스 등의 여러 아파트 단지를 떠올리면서, 고향이라는 단어하고는 어울리지 않는 곳들이라고 자조하는 것이다. 서울의 이곳저곳을 옮겨다니며 성장해온 나 역시 그녀와 다르지 않았다.

그러나 얼마 전, 미국의 젊은 작가 니콜 크라우스의 아름다운 소설 『사랑의 역사』를 읽고 나서 고향이라는 단어의 의미에 대해 조금 다른 각도로 생각해 보게 되었다. 『사랑의 역사』의 주인공은 팔십대 노인 레오다. 그는 소년이었을 때 폴란드를 떠나 미국으로 왔다. 사랑하는 소녀 알마를 찾아왔지만 그녀는 이미 다른 남자와 결혼한 뒤였다. 그 후 레오는 평생을 혼자 산다. 다른 여자와 가정을 꾸리지 않았다는 정도의 의미가 아니다. 상상 속의 친구와 함께, 고독을 몸으로 증거하며 살아온 그의 삶은 철저한 국외자의 것이었다.

그가 평생을 걸쳐 사랑한 대상은 알마라는 타인의 실존이었을까, 아니면 영원히 돌아갈 수 없도록 봉인된 옛 시간대였을까. 인간의 가장 근원적인 고향은 공간이 아니라 시간인지도 모른다. 추석, 어렵게 고향에 당도한 이들은 그곳에서 당황하거나 실망하게 될 수도 있겠다. '떠나온, 그러므로 돌아갈 어딘가'가 정말로 여기였는지 남몰래 고개를 갸웃거릴 수도 있겠다. 당연하다. 머물러 있는 시간은 없으므로, '완벽한 고향'은 애초부터 온전히 보존될 수 없었다.

우리가 그리워하는 것은 혹시 지나온 간절했던 순간은 아닐까? 돌이킬 수 없는, 내 몸과 영혼이 필사적으로 통과해온 궤적. 그러니 어디에 있든, 고향으로부터 떠나오지 않은 사람은 없을 것이다. 훼손되지 않은 고향으로 돌아갈 수 있는 사람이 어디에도 없듯이.

고향이 어디신가요, 라는 질문 앞에서 나는 더 이상 머뭇거리지 않는다. 제 고향은 서울이에요, 라고 힘주어 대답한다. 89년 겨울, 첫눈이 오던 날의 광화문, 이라고 입속으로 중얼거리면서.

수키 김, 『통역사』, 이은선 옮김, 황금가지 / 니콜 크라우스, 『사랑의 역사』, 한은경 옮김, 민음사

복사본

나를 빼닮은, 아니 내가 빼닮은, 아니 원래 한 몸이었을지도 모를 그녀

나에게도 '그녀'가 있다. 목격자들의 진술에 의하면, 그녀는 강남역 부근과 신촌 일대에 주로 출몰한다. 어깨를 넘지 않는 단발머리에, 무릎길이 H라인 스커트를 즐겨 입는다. 천천히 거리를 걷고 있거나, 유리창 넓은 커피숍에 앉아 차를 마시고 있거나, 그녀는 언제나 혼자라고 한다. 외로움을 잘 안 타는 씩씩한 성격인가? 아니면 인간관계에 문제가 있는지도 모르지. 저 서울 밤하늘의 십자가 개수만큼 무궁무진한 궁금증이 솟구쳐오르건만 애석하게도 그녀에 대해 내가 아는 것은 이게 전부다.

아, 목격자들의 진술이 일치하는 대목이 하나 더 있다. 그녀와 조우하고 난 뒤에 나의 지인들은 분개한 목소리로 전화를 걸어온다. "야! 너 아까 왜 날 모른 척한 거야?" "무슨 소리야? 난 종일 집에서 꼼짝도 안 했는데." "어, 이상하다. 틀림없이 너였는데…… 내가 뭐에 홀렸나?"

마치 처음 본다는 양, 그녀는 내 친구들을 싹 외면해 버린 채 지나쳤다고 한다. 당연하다. 구별하기 어려울 만큼 나와 똑같이 생겼다는 그녀. 그녀는 내가 아니니까!

주제 사라마구의 소설『도플갱어』는 한 사내가 철지난 비디오 영화 속에서 자신과 똑같이 생긴 남자배우를 발견하면서 벌어지는 이야기이다. "정말로 놀라운 것은 지구상에 살고 있는 육십억 명의 사람들 중 정확히 똑같은 사람은 하나도 없다는 것이다." 그러고 보면 몹시 불가사의하다. 이것이 수학적 확률로 가능한 일일까? 만약 수학이나 과학 밖의 영역이라면, 혹시 가끔은 신도 실수할 때가 있지 않을까 싶기도 하다. 이를테면, 깜빡하는 사이 두 사람을 하나의 틀에다 찍어내고 말았다든가 하는.

누가 원본이고 누가 복사본인가, 또는 '과연 무엇이 진짜 나를 규정하는가' 하는 원론적이고도 심오한 주제보다 더 흥미로운 것은 도플갱어를 목격한 뒤 변해가는 인물 막시모 아폰소의 모습이다. 활력이라곤 없이 지리멸렬하던 그의 일상은, 도플갱어를 추적하고 그 존재에 강박적으로 집착하면서 돌연 기묘한 활기를 띠게 되는 것이다.

이 소설을 읽는 동안 새삼 '그녀'를 떠올렸다. 몸에 난 상처까지 똑같은 소설 속 두 남자처럼, 그녀도 오른쪽 눈썹 위에 작은 흉터가 있을까? 어쩌면 그럴 수도 있겠다. 그러나 우리의 상처가 같은 모양을 하고 있다고 해도 진정 같은 무늬는 아닐 것이다. 그 상처가 생겼던 날, 내 영혼이 통과해낸 풍경을 타인은 죽어도 알지 못할 테니까. 나를 나로 살게 하는 것은, 내 안에 담긴 나만의 기억이다.

가만, 문득 난감해진다. 혹 내가 그녀의 복사본인 건 아닐까? 어느 날 불쑥 나타난 그녀가 "대관절 댁은 누구세요?"라고 묻는다면 뭐라고 대답한담? 나를 빼닮은, 아니 내가 빼닮은, 아니 원래 한 몸이었을지도 모를 그녀와 언젠가 마주하는 날, 천천히 거리를 걷거나 유리창 넓은 커피숍에서 차 한 잔 마셨으면 좋겠다. 분리수술에 성공한 샴쌍둥이 자매처럼. 이제는 둘이서.

주제 사라마구, 『도플갱어』, 김승욱 옮김, 해냄

비대칭

감성과 이성, 육체와 정신, 낮과 밤…… 삐뚤빼뚤한 나

내 얼굴은 미묘한 좌우비대칭이다. 왼쪽 눈은 겉 쌍꺼풀, 오른쪽 눈은 속 쌍꺼풀이고 크기도 다르다. 손바닥을 펼쳐 증명사진의 절반씩을 번갈아 가려보면 몹시 낯선 반쪽 얼굴들이 나타났다 사라진다. 골똘히 들여다볼수록 오른쪽의 나와 왼쪽의 내가 서로 다른 사람처럼 느껴진다.

어느 자리에선가 이런 얘길 꺼내자 다들 반색을 했다. "어, 나도 그래. 나만 짝짝이인 줄 알았는데." 왼발과 오른발 사이즈가 달라 신발 고르기가 여간 곤혹스럽지 않다는 사람, 왼쪽 어깨가 오른쪽보다 처져서 걱정이라는 사람, 오른쪽은 밋밋한데 왼쪽 가슴께에만 몇 가닥 털이 났다는 사람 등등. 저마다 사연은 가지가지였지만, 삶의 균형에 대해 고민하고 있다는 점만은 비슷했다.

어디 그뿐이랴. 감성과 이성, 육체와 정신, 낮과 밤…… 현대인들은

종종 그 불안정한 시소 위에서 갈피를 잡지 못한 채 기우뚱거린다. 어떤 이는 필요에 따라 자신을 감추거나 드러내는 것으로 불안한 내면을 방어하기도 하지만, 그렇다고 해서 그들이 '진짜 자기 얼굴'을 분명히 알고 있는 것은 아니다.

『밤의 클라라』의 주인공은 낮/밤의 경계를 단호하게 나누어 살아온 여자다. 혈혈단신 도시로 올라온 소녀가 최소한의 생존을 위해 할 수 있는 일은 많지 않다. 시리얼과 오렌지주스로 소박한 아침식사를 한 뒤 서점에서 책 한 권을 고르는 평화로운 삶을 영위하기 위하여 그녀는 밤 여덟 시를 기점으로 '거리의 여자'가 된다. 자신이 세운 규칙에 따라 영업을 마친 후 매일 밤 마지막 지하철을 타고 집으로 돌아온다. 무려 이십 년 동안 그렇게 살아왔다. '낮의 클라라'와 '밤의 클라라,' 그 칼날의 양 끝을 맨발로 오가며. 낮과 밤이 순수한 대칭을 이룬다고 억지로 믿으며.

편안하고 익숙한 세계로부터 벗어나는 일이 끔찍하게 어려운 이유는 중독의 마력 때문이다. 권태로운 일상이 어느 결에 서서히 감각을 마비시키고 판단 불가능의 상태로 만드는 것이다. '밤의 클라라'는 50유로의 대가로 편지를 읽어달라고 요구하는 손님 앞에서 당황하고 불쾌해하며, 그런 행위는 '낮의 클라라'의 영역에 속하는 일이라고 생각한다. '낮의 클라라'가 '밤의 클라라'의 영토를 잠식하고 둘이 뒤섞여, 스스로에게 부여한 고독이 깨지고 간신히 지탱해온 질서가 무너질까 봐 그녀는 몹시 두려워한다.

'밤의 클라라'가 (포주의 추적 따위가 아닌) 자신의 내면으로부터 비롯된 진정한 두려움 앞에 직면하는 장면은 그래서 상징적으로 다가온다. 정말로 중요한 건 좌우비대칭이 아닐지도 모른다. 영혼을 짓누르는 인위적 균형 상태로부터 벗어나는 것. '삐뚤빼뚤한 나'를 있는 그대로 긍정하는 것. 그러므로 이 소설은 '소름 끼치는 상실감을 극복하고 길을 바꾼' 사람, 즉 용기 있는 자에 관한 이야기이다.

카트린 로캉드로, 『밤의 클라라』, 최정수 옮김, 휴먼&북스

소설

내 손으로 만든 인물들이 제멋대로 팔팔 움직일 때 소설이 훨씬 좋아졌다

처음, 소설이라는 걸 쓰려고 마음먹었을 때 나는 우선 백지 한 장을 꺼내들었다. 볼펜 뒤꼭지와 새끼손가락을 번갈아 물어뜯으며, 그보다 더 자주 머리칼을 쥐어뜯으며, 완성한 것은 소설이 아니라 소설 구상안이었다. 이러저러한 성격을 가진 인물들이 이러저러한 사건을 겪으며 마침내 이러저러한 결말에 도달하게 된다는 내용을 비교적 소상히 설정했다. 그리고 의기충천했다. 좋아, 이제 요대로 쓰기만 하면 되는 거야!

그래서 대단한 소설이 뚝딱 완성되었느냐고? 그럴 리가 있나. 된장찌개의 조리법을 아는 것과, 된장찌개를 맛있게 끓이는 것은 전혀 다른 문제다. 하물며 인간사의 희로애락이라니. 그렇다. 그건 분명히 '인간'의 문제였다. 막상 집필에 들어가자 '그들'이 제멋대로 움직이기 시작했던 것이다. '창조주'인 내가 치밀하게 세워둔 인생항로를 보란 듯이 배반

하면서 말이다.

내 손으로 만든 인물들일지라도 일단 세상에 나온 뒤엔 제 나름의 자생적 생명력과 방향성을 가지고 움직인다는 것을 그때 알았다. 원래 죽기로 예정되어 있던 인물은 눈을 부릅뜨고 끝까지 살아남았으며, 제가 살기 위해 (죽을 예정이라곤 없던) 다른 인물을 직접 죽이기까지 했다. 놀랍게도, '그들'이 제멋대로 팔팔 움직일 때 소설이 훨씬 좋아졌다. 한창 신명이 날 땐 내가 '그들'의 구구절절한 사연을 대신 받아쓰는 유령 작가나 무당일지도 모른다는 희망 섞인 의심을 품기도 했다.

그러니 '그들'이 이 지구상 어딘가에서 실제로 살아가고 있다는 걸 어떻게 믿지 않을 수 있겠는가. 한낮의 지하철에서 꾸벅꾸벅 졸다가 문득 고개를 들어보면 '그 남자'가 빙긋 웃고 있거나, 휴일 고궁 풍경을 스케치하는 뉴스 화면의 배경으로 '그 여자'가 무심히 쓱 지나가다가 화면 밖의 나를 향해 살그머니 손을 흔든다 해도 절대로 놀라지 않을 자신이 있다.

한 위대한 작가가 창조한 인물들이 한 마을에 옹기종기 모여산다는 『웃음의 나라』의 설정에 섬뜩한 공감을 느낀 건 그래서일 것이다. 작가가 기록한 대로 살아가는 마을 주민들은 자신에게 주어진 커다란 운명을 정확히 알기에 아무것도 두렵지 않다고 말한다. 이를테면 59세 생일날 아침 10시 트럭에 치여 생을 마감할 때까지 행복하게 살면 그만이라는 거다. 운명과 자유의지가 절묘하게 섞인 삶 속에서 안전하게.

정작 그들을 공포에 떨게 하는 건 작가의 예언이 '삑사리' 나는 순간이다. 일어나지 않았어야 할 교통사고가 일어나고 갓난아기가 강아지로 변하자 어쩔 줄 모르고 갈팡질팡하는 이들의 모습은 '운명' 이란 단어의 참의미를 되씹게 한다.

그리고 우리—작가와 인물—사이에 보다 깊은 대화가 필요함을 절감하지 않을 수 없었다. "'당신들' 에게도 나름대로의 애환이 있군요. 날씨도 추운데 요즘 어떻게 지내세요?" 그들은 뭐라고 대답할까? 악수를 건네는 순간 신기루처럼 사라져버리지만 말았으면 좋겠다.

조너선 캐럴, 『웃음의 나라』, 최내현 옮김, 북스피어

시인

돌아나올 수 없는 길, 그가, 돌아왔다

그가, 돌아왔다. 이보다 더 적확한 문장을 나는 구사하지 못하겠다. 이성복 시인의 신작 시집 『아, 입이 없는 것들』은 『뒹구는 돌은 언제 잠 깨는가』, 『남해금산』, 『그 여름의 끝』, 『호랑가시나무의 기억』 이후 10년 만에 출간된 다섯 번째 시집이다.

'이성복'이라는 이름은 한국문학에서 일찍이 단단한 하나의 상징이 되었다. 그런 시인이 새 시집의 서두에서 이렇게 고백하고 있다. "이 길은 돌아나올 수 없는 길, 시는 스스로 만든 뱀이니 어서 시의 독이 온몸에 퍼졌으면 좋겠다. 참으로 곤혹스러운 것은 곤혹의 지지부진이다."

이성복은 변하지 않았고, 혹은 변했다. 이전의 다른 시집들과 마찬가지로 시집 한 권이 나름의 '구조적 완결성'을 가지며 일관된 '드라마'를 품고 있다. 125편의 시 한 편 한 편은 서정시로 보이지만, 그것들이 모여 커다란 서사를 이루는 것이다.

그러나 실존의 무게를 응시하는 시인의 시선은 확연히 달라졌다. 그는 냉소하지 않는다. 치욕과 고통을 넘어서 자신에게 '몸'이 있음을 긍정한다. "살아가는 징역의 슬픔으로 가득한" 생애의 비루함, 혹은 욕망과 열정의 허무함을 드러내어 보여준다. 그리고 그 헛됨까지 진심으로 연민한다. 가령 다음과 같은 구절.

> 단물이 빠져나간 껌처럼 길은 고속버스
> 터미널까지 뻗어 있고 누군가 잔뜩 먹고
> 올려낸 토사물 무더기 말라붙고 있다
> 물기 빠진 다음엔 토한 것도 추하지 않다
>
> ──「42 물기 빠진 다음엔」

아아, 그러니 『아, 입이 없는 것들』은 이제 장년이 되어 돌아온 시인이 '몸이 있는' 모든 것들에게 바치는 생의 뼈아픈 헌사다. "소금밭을 종종걸음 치는 갈매기"의 상처 입은 발바닥처럼, 따갑지만 중독적인 시편들이 거기 담겨 있었다.

이성복, 『아, 입이 없는 것들』, 문학과지성사

사랑스럽게

매혹

자, 나가자. 사랑하기 좋은 계절이다. 이 매력적인 텍스트가 선사하는 진짜 가르침

사랑은 예고 없이 들이닥친다. 지루한 겨울 아침, 스물다섯 살의 한 남자가 파리에서 런던으로 가는 브리티시 항공기에 탑승한다. 좌석번호는 15B. 옆자리 15A에는 젊은 여자 승객이 앉아 있다. 삼만 피트 상공을 날던 비행기가 지상에 안착했을 때 그들은 '사랑'에 빠진다.

초콜릿을 싫어하는 사람을 이해할 수 없다는 상대방의 말에 초콜릿 알레르기를 감춘 채 더블초콜릿케이크를 주문하는 것, 쿠션과 신문, 전화기 따위가 어지러이 널린 자신의 침대를 기꺼이 공개하고 그곳에서 섹스를 하는 것, 태초에 한 몸이었으나 신의 실수로 분리되어 버린 잃어버린 반쪽과 마침내 조우했다고 확신하는 것. 그 아름답고 우스꽝스러우며 매혹적인 착각을, '사랑'이라는 단어 말고 달리 무엇이라 부를 수 있겠는가?

알랭 드 보통의 『왜 나는 너를 사랑하는가』는, 사랑의 생성과 소멸에

붙이는 한 편의 긴 주석이다. 작가는 (또는 이 연애 서사의 일인칭 남성 화자는) 사랑이라는 감정의 순간순간을 철학적으로 낱낱이 분석하는 일이 어떻게 가능한지를 몸소 증명하는 실천이론가다. 땅 위의 모든 연애가 그러하듯, 그것은 우아하거나 고상하기보다는 주로 사소하고 구질구질한 세목들과 관련되어 있다. 이를테면 구두에 대한 취향!

자신의 취향과 정면으로 어긋나는 구두를 신고 나타난 애인을 보면서 남자는 "어떻게 이 여자는 이런 구두와 나를 동시에 좋아할 수 있을까?"라고 중얼거린다. 특별해 보이던 이 사랑이 최초의 위기를 맞는 순간이다. 이상한 구두를 골랐다는 사실 때문에 그는 '그녀가 (융합이라는 환상 너머에) 그녀 나름으로 존재한다는 것'을 깨닫고 불안에 빠진다. 그 구두를 묵인할 것인가, 아니면 기어이 포기시킬 것인가. 사랑과 자유주의 사이의 유서 깊은 갈등은 이렇듯 일상적이고 가장 개인적인 공간에서조차 거듭 모방되고 있는 것이다.

이 지적인 에세이는 또한, 사랑을 잃은 남자의 처절한 복기復棋이기도 하다. 태어나면 죽어야 하는 것이 모든 사랑의 운명이다. 첫눈에 시작된 사랑은 느릿느릿 붕괴된다. 결정을 내리지 못하고 미적대다 끝나버린 사랑 앞에서 남자는 통제력을 잃고 괴로워하다가 스스로를 죽이기로 작정한다. "나 자신을 죽임으로써 그녀가 나한테 한 일이 무엇인지 몸소 보여주려고 했다." 그래서, 과연 그는 복수에 성공했을까? 스포일러는 생략하련다. 힌트는 이 책의 마지막 문장이다. "내가 다시 한 번 빠지기 시작했다는 것."

왜 나는 너를 사랑하는가. 그것은 세상의 모든 연인들을 애타게 하는 질문인 동시에, 전율케 하는 탄식이다. 정답을 찾기 위해 고군분투한 알랭 드 보통의 패배는 이미 예정되어 있었다. 답을 안다면 아무도 기꺼이 연거푸 사랑에 빠지지 않을 것이고 그 어떤 연애소설도 씌어질 수 없을 테니까. 그러니, 혼란스러운 감정의 근원을 파헤치기 위해 이 책을 들이파는 사람은 바보다. 사랑의 백만 가지 환각과 홀림에 관하여, 이제 거리로 나가 당신만의 에세이를 쓸 차례다. 자, 나가자. 사랑하기 좋은 계절이다. 그것이 이 매력적인 텍스트가 선사하는 진짜 가르침이다.

알랭 드 보통, 『왜 나는 너를 사랑하는가』, 정영목 옮김, 청미래

탐닉

사랑 안에서만 사랑할 수 있다면 얼마나 좋을까

사랑은 질병이다. 낭만주의자들에게는 미안하지만, 적어도 어떤 종류의 사랑은 명백히 그렇다. 그러니까 이 소설에 등장하는 한 남자와 한 여자의 사랑 같은 것. 스물아홉 살의 전도양양한 변호사 트리스탕은 애인을 사랑하면서도 끊임없이 다른 여자들을 탐한다.

"우리는 자기 앞의 여인과 또 다른 여인들을 원한다. 자기 앞의 삶과 그와 반대되는 다른 삶을 원하는 것처럼." 이것이 그 남자의 알리바이다. 그는 상대에게 "사랑해"라고 말하는 순간 벌써 환멸을 느끼고 슬며시 몸을 떼는 인간이다. 그러나 그의 연인 아멜리는 전혀 다르다. 그녀는 누가 자신을 구하러 오는지 보기 위해 기꺼이 바닷물에 빠지는 고통을 선택하는 여자다. 언제나 다른 여자의 체취를 묻히고 들어오는 애인을 떠나지 못하는 이유는 단순하다. 그 남자를 너무나도 사랑하기 때문에! 아아, 치유할 수 없도록 참혹한, 죽일 놈의 사랑.

독자는 어쩔 수 없는 혼란에 빠지게 된다. 트리스탕의 자유방임적 사랑법이 옳은가. 아니면 아멜리의 집착적 사랑법이 옳은가. 정답은 누구도 모른다. 사랑이라는 감정의 실체를 아무도 모르듯이. 실체 없는 욕망 속에서 허우적거리며 각자의 방식으로 스스로를 파괴해 가는 두 연인의 모습이 낯설지만은 않다.

"정말, 정말, 나를 사랑하는 거 맞지?" 몇 번의 사랑과 이별을 경험해 본 사람이라면 알 것이다. 왠지 예전과 미묘하게 태도가 달라진 듯한 연인에게 안절부절 못하며 이렇게 캐물을 때의 비참한 심정을. 상대방은 의례적으로 고개를 끄덕이거나 슬그머니 당신의 눈을 피한다. 분노하거나 절망하거나, 그뿐. 영원을 맹세했던 첫 순간의 반짝임은 어느새 빛바래고, 나약한 인간은 쓰라린 속을 부여잡은 채 소멸해 가는 사랑의 최후를 묵묵히 지켜보아야 하는 것이다.

프랑스 문단의 샛별이라는 총명한 작가는 스물세 살에 이미 그 냉혹한 비밀을 알아차렸다. "모든 것은 사라지고 시들고 썩어버리도록 운명 지어진 것 같았다. 시작은 아무 의미도 없다. 시작은 거짓말을 하기 때문이다." 사랑의 복잡하고 다면적인 얼굴들을 얄밉도록 잘 끄집어낸 수작이다. 그런데 책을 덮으면 미묘한 이질감이 든다. 트리스탕과 아멜리의 연애가 머나먼 도시 파리를 배경으로 펼쳐지고 있기 때문인가.

그들에게 사랑이란 오로지 순수하고 관념적인 문제인 것 같다. 다만 사랑의 내부적 윤리에 충실한 세계, 사랑에 대해 철학적 의제로 접근하는 세계. 그것이 부러우면서도 인공적으로 느껴지는 건 내가 별로 고상하지 못한 곳의 사랑 담론에 익숙해진 탓이리라. 키스할 때의 구취, 상대의 외모, 직업, 장래성, 부모의 재산, 그 밖의 수많은 외부적 이유들로 사랑이 박살나는 현실세계 말이다. 아아, 사랑 안에서만 사랑할 수 있다면 얼마나 좋을까!

플로리앙 젤러, 『누구나의 연인』, 박명숙 옮김, 예담

배신

사랑의 뒷면, 당하는 사람은 입술을 깨물지만, 하는 사람은 슬그머니 시선을 돌리는

사람은 변한다. 그리고 사랑도! 두 존재를 분리시키기 힘들 만큼 오래 사랑해 온 사람이 어느 날 불현듯 이런 고백을 해온다면?

"정말 당신을 사랑했어. 내가 지금 옛날의 그 소녀가 아니라서 미안해."

이 문장이 잔인한 것은, 사랑 고백은 과거형으로, 사과는 현재형으로 이루어져 있기 때문이다.

때린 놈은 오그리고 자고, 맞은 놈은 발 뻗고 잔다고? 아니. 사랑에 관한 한 어불성설이다. 변해 버린 사랑만큼 비정한 건 없으니까. 배신당하는 사람은 입술을 깨물지만, 배신하는 사람은 슬그머니 시선을 돌리는 것. 그것이 사랑의 이기적인 속성이다.

카미유 로랑스의 소설은 여러 모로 문제적이다. 사랑이라는 낭만적 감정의 뒷면을 가차 없이 드러내기 위해 작가 본인의 경험과 조상들의 가족사를 씨줄과 날줄로 엮어냈다는 점에서 그렇고, 바로 그 사실로 인

해 법적 시비에 휘말렸다는 점에서 그렇다. (소설 속에 실명으로 등장하는) 작가의 남편이 아내가 자신의 사생활을 침해했다는 이유로 이 책의 판매금지 및 위자료 청구소송을 제기한 것이다.

재판 결과는 어땠을까. 프랑스 법정은 "우리는 현실과 문학 중 어느 곳에 살고 있는가. 우리의 삶 자체에 이미 소설적 요소들이 뒤섞여 있다"는 말과 함께 작가의 손을 들어줬다. 이혼까지 하게 된 그 남편이 안됐다. 지나치게 '이상적'인 결론이었다.

내가 이 재판의 배심원이었다면 어땠을까. 문학적 성과와는 별개로 작가가 이기적이었다는 데 조심스레 한 표 던질 수밖에 없었을 것 같다. 다른 작가들이 억울한 일 당할 때마다 '이걸 확 실명소설로 써버려?'라는 유혹에 흔들려도 꿋꿋이 참는 이유는, 문학이라는 이름으로 (고의든 아니든) 타인의 영혼을 짓누르는 폭력을 자행해선 안 된다는 신념과 대전제를 공유하고 있기 때문이므로.

그러나 텍스트를 둘러싼 소동만으로 이 소설에 어떤 편견을 가지는 것은 금물이다. 소설의 한 축을 단단히 떠받치고 있는 것은 17세기 고전작가 라 로슈푸코의 흔적들이다. "우리는 우리와 관련되지 않으면 아무것도 사랑할 수 없다" 또는 "처음 순간에도 여러 해가 지났을 때처럼 서로를 볼 수 있었다면 대체 누가 사랑에 빠지겠는가" 같은 과거의 잠언들이 후대의 작가에 의해 새로운 의미로 되살아나는 장면들이 유리조각처럼 가슴에 와 박힌다.

"개인적이고 고독한 것, 스스로의 받아쓰기만을 용인하는 제스처, 어느 누구에게도 대신 받아쓰게 해서는 안 되는 것." 글쓰기와 사랑, 두 가지를 동시에 은유하는 표현을 읽으면서, 어쩌면 사적인 불행을 감내하면서까지 작가가 하고 싶었던 이야기가 바로 이것이 아닐까 싶었다. 사랑과 글쓰기, 삶과 문학은 결국 별개가 아니라는 것. 그것을 통해 '나'에게조차 숨겨져 있는 자기 자신을 온전히 찾고 싶다는 열망. 가혹하고 처절한 만큼 아름다운 미혹이다.

　카미유 로랑스, 『사랑, 소설 같은 이야기』, 송의경 옮김, 문학동네

반목

타고난 악인이 아무도 없듯이 일방적인 희생자도 없다

토니 모리슨을 읽는 것은 때론 고통이다. 길게 벌어져 핏물이 배나오는 상처에 혀를 대고 쓱 핥는 느낌. 그럼에도 포기할 수 없는 쾌락이 그 안에 있다. 토니 모리슨이 평생에 걸쳐 천착해 온 '흑인,' '여성' 문제는, 이미 한 작가 개인의 문학적 주제 차원을 넘어 '주류/비주류'라는 세상의 강고한 권력체계에 맞서는 하나의 경이로운 표지가 되었다.

그녀의 2003년 작 『러브』는 사랑과, 사랑의 모든 내재적 속성들—증오, 질투, 권력, 배반, 용서—에 관한 이야기이다. 오십 년에 걸쳐 서로 격렬하게 미워하며 끔찍하게 사랑하는 두 사람, 히드와 크리스틴은 둘 다 흑인, 여성이다. 그렇지 않았다면 운명이 조금 쉬웠을까. 글쎄, 가정은 통용되지 않는다. 분명한 건 히드와 크리스틴뿐 아니라 가해자 역할을 하는 (부와 권력을 가진 남성인) 코지, 그리고 주니어까지 도무지 안

쓰러워하지 않을 수 없는 인간들이라는 것이다.

타고난 악인은 아무도 없지만 일방적 희생자도 없다. 그런데 왜 이들은 반목하는가. 나의 생존을 위해 절박하게 남을 짓누르는가. 짓눌림당하는가. 그 뒤에 도사리고 있는 것은 대체 무엇인가. 개인들의 삶의 역사를 통해 은밀하고 거대한 사회적 구조를 아울러 드러내는 작가의 시선이 무시무시하다.

몸과 마음이 많이 아팠던 지난 크리스마스. 도저히 서울에 있을 수 없어 훌쩍 남쪽의 작은 섬으로 도망쳤더랬다. 그때 딱 한 권 트렁크에 넣어갔던 책이 바로 『러브』였다. 12월의 뜨거운 태양이 쏟아져 들어오던 작은 호텔방. 침대에서 처음 책장을 들췄을 때 시야가 흐리고 맥없이 몸이 까부라지는 것 같았는데, 정신없이 몰두해 읽다 보니 어느새 다른 생각이 아무것도 나지 않았다. 독자로서는 고맙고, 작가로서는 부러운 일이다.

토니 모리슨, 『러브』, 김선형 옮김, 들녘

흔적

끝내 버릴 수 없는, 무를 수도 없는

 고향 언저리에서 나지 않는 열매들이 추억을 채우네

이국의 푸성귀들이 내 살을 어루네

사랑은 뜻대로 되지 않았으며

입술은 사랑의 노래로 헤어졌네

과거는 소멸되지 않았으나 우리는 소멸했네

―「그날의 사랑은 뜻대로 되지 않았네」

누구에게나, 처음 보는 순간 이유 없이 가슴에 와 박힌 시가 있을 것
이다. 90년대의 어느 날, 허수경 시인의 시가 내겐 그랬다.

마음의 무덤에 나 벌초하러 진설 음식도 없이 맨 술 한 병 차고 병자처
럼, 그러나 치병과 환후는 각각 따로인 것을 킥킥 당신 이쁜 당신……,

146

당신이라는 말 참 좋지요, 내가 아니라서 끝내 버릴 수 없는, 무를 수도

없는 참혹……, 그러나 킥킥 당신

─「혼자 가는 먼 집」

'킥킥'이라는 장난스러운 웃음소리와 '당신'이라는 다감한 호칭이

서로 스미고 섞이어 만들어내는 이 절묘한 경지라니! 내가 아니라서 끝

내 버릴 수도 무를 수도 없는 참혹, 당신. 사랑의 본질에 관하여 이보다

더 적확하게 해석하는 문장을 아직도 나는 알지 못한다.

그리고 2001년 허수경 시인의 새 시집을 만났다. 그때나 지금이나 독

일에 머물고 있는 시인은 시인의 말에 "8년 만에 시집을 묶는다며 시를

쓰고 싶은 마음만이 간절한 세월이었다"고 썼다. 그 시집『내 영혼은 오

래되었으나』를 오랜만에 꺼내어 펴보았다. 군데군데 연필로 밑줄이 그

어져 있다.

과거는 소멸되지 않았으나 우리는 소멸했네

오 오 나는 추억을 수치처럼 버리네

내 추억에서 나는 공중변소 냄새

─「그날의 사랑은 뜻대로 되지 않았네」

술병 깨고 손에 피를 흘리며 여관에서 혼자 잠, 여관 들어선 자리 밑

옛 미나리꽝 맑은 미나리 순이 걸어들어와 저의 손으로 내 이마를 만지다, 아픔은 아픔을 몰아내고 기쁨은 기쁨을 몰아내고 장님인 시절 장님의 시절은 그렇게 가고……

　　　　　　　　　—「아픔은 아픔을 몰아내고 기쁨은 기쁨을 몰아내지만」

　아무도 기록하지 않을 나, 그러나 영혼을 믿는 나, 기억들이 섬광처럼 사라지는 것을 낡은 늑대 같은 외투를 입고 내 영혼은 멍하게 지켜보리라

　　　　　　　　　　　　　　—「늙은 들개 같은 외투를 입고」

　당시 내게는 무엇이 그리 간절했기에 그 문장들 앞에서 한동안 고개를 끄덕였던가. 2001년의 내 영혼이 흔들렸던 기척들을, 늙은 늑대 같은 외투를 입은 2007년의 내가 물끄러미 바라다본다. 어떤 시집을 꺼내 읽는 것은 잃어버린 시간을 호출하는 일일지도 모른다. 누렇고 고요한 책갈피마다, 돌이킬 수 없는 기억의 흔적들이 불완전하게 깃들어 있다.

　허수경 시인의 시는 천연하고 덤덤하고 나직하게 생의 불가사의를 응시한다. 그래서 더 아프다. 아프지만, 고통의 심연을 어쩌면 천연하고 덤덤하고 나직하게 지나갈 수 있으리라는 작은 희망을 품게 한다. 가령 이 가을 당신이 고독 혹은 고통에 몸부림치고 있다면, 이런 시편 앞에서 어찌 위안받지 않을 도리가 있을까.

숨죽여 기다린다

숨죽여, 이제 너에게마저

내가 너를 기다리고 있다는 기척을 내지 않을 것이다

버림받은 마음으로 흐느끼던 날들이 지나가고

겹겹한 산에

물 흐른다

그 안에 한 사람, 정막처럼 앉아

붉은 텔레비전을 본다

— 「몽골리안 텐트」

허수경, 『내 영혼은 오래되었으나』 / 『혼자 가는 먼 집』, 창비

만우절

이 끔찍한 농담 같은 생. 나머지 364일은 거짓이 아니라는 뻥

그는 만우절에 죽었다.

장국영에 대해서라면 K의 이야기로 시작하지 않을 수 없다. 우리는 고등학교 2학년 때의 짝이었다. 서양화를 전공하기 위해 화실에 다니던 그녀는, 장국영을 굉장히 좋아했다. 수업시간 내내 몸을 비비틀어대는 나에게 K가 갑자기 제안했다. "우리 대학에 가면 꼭 같이 홍콩에 가자." "홍콩?" "응. 장국영 만나러." "장국영!" "걱정 마. 내가 계획 다 세워놨어. 걔네 집도 알아놨고. 일단 대학부터 가야 하니까 어쨌든 열심히 해야 돼." 장국영을 위하여 그녀는 최선을 다했고, 이른바 '명문대학' 에 쑥 붙어버렸다. 그 터무니없는 약속은, 물론 지켜지지 않았다.

다시, 만우절이다. 만우절. 어떤 거짓말을 해도 용서되는 365일 중의 단 하루.

김경욱의 「장국영이 죽었다고?」는, 바로 그 '4월 1일'에 대한 소설이다. 여기 한 사내가 있다. 서울 변두리 광개토PC방의 알바인 그는 야구모자를 푹 뒤집어쓴 채 모니터 앞에 앉아 채팅에 열중하고 있다. 채팅 상대는 이혼녀. 이혼녀는 그와 같은 날, 같은 공간에서 장국영의 영화 〈아비정전〉을 본 관객 47명 중 하나였다. 또 그녀는 그와 같은 날 결혼했고, 같은 곳으로 신혼여행을 다녀왔다(고 주장한다).

놀라운가? 글쎄. 어쩌면 그것은 별 대단한 일이 아닐지도 모른다. 이 도시에서는 누구나 영화를 보고, 누구나 결혼을 하고, 누구나 신혼여행을 가고, 누구나 인터넷에 접속하기 때문이다. 도시의 일상이란 본디, 그렇듯 시시껄렁하고 뻔한 방식의 농담처럼 패턴화되어 있는 것이 아니던가.

오래도록 연락이 끊겼던 K와 나. 우리는 10년 만에 인터넷의 '아이러브스쿨'을 통해 다시 만났다. 그녀는 돌 지난 아들을 둔 전업주부가 되어 있었다. 아이 때문에 외출이 자유롭지 못하다며, 그녀는 나를 자신의 집으로 초대했다. 보행기를 탄 아이가 마루바닥을 스르르 스르르 밀려 다녔다. 창밖에서 "싱싱한 과일 왔어요, 수박!"이라는 확성기 소리가 환청처럼 들려왔다.

"그래서, 홍콩엔 다녀왔니?" 내가 물었다. K는 무슨 얘기냐는 듯 눈을 껌뻑였다. "너, 장국영 만나러 간다고 했었잖아." K가 무덤덤하게 웃었다. "내가? 내가 그랬었나. 기억이 안 나는데."

우리는 다시 연락이 끊어졌다. 장국영의 죽음에 대한 그녀의 견해는 아직 듣지 못했다.

세상에서 제일 야비한 거짓말은 바로 '만우절' 그 자체다.

만우절은 이를테면, 이 믿기 어려운 거짓말들로 가득한 세계의 훌륭한 알리바이 역할을 한다. 거짓말이 허용되는 단 하루 만우절의 존재를 통해 우리는 나머지 364일은 거짓이 아니라는 뻥을 슬그머니 믿고 마는 것이다.

2003년 4월 1일, 홍콩 만다린 오리엔탈 호텔에서 장국영이 투신할 때 당신은 어디에 있었는가. 서울 광개토PC방의 알바 청년은 이 끔찍한 농담 같은 생을 어떻게 견디고 있었을까. '기억하고 있으므로 나는 안다'고 말하는 사내, 만우절 날 아무런 거짓말도 하지 못하는 이 사내를 이제 만나러 가보자. 모니터 앞에서 잔뜩 웅크린 그의 어깨는 당신의 뒷모습을 빼닮았다.

김경욱, 『장국영이 죽었다고?』, 문학과지성사

뼈아프게

소녀

외면의 핑계는 한 가지였다. 더 깊이 알고 나면 너무 무참한 기분이 될 것 같다는

혹자는 그것이 2002년 월드컵 이후 한민족을 통합시킨 최고의 사건이라고 말했다. 아이부터 어른까지, 여자부터 남자까지, 보수부터 진보까지 온 국민이 다 같은 목소리를 냈다. 몇 해 전 세상을 떠들썩하게 한 한 여배우의 이른바 '위안부 누드 사진' 파동 얘기다. 이쯤에서 솔직하게 고백하자. 그 사건이 없었더라면 내가 책장 한구석에 숨은 듯 꽂혀 있던 이 책을 일부러 꺼내어 들춰보는 일은 일어나지 않았을 것이다.

아시아태평양전쟁 당시 식민지 조선의 여성들이 일본군에게 끌려가 강제로 성적 학대를 당했다는 사실. 그때 그녀들은 대개 열두 살에서 스무 살, 아직 어린 '여자아이'에 불과했다는 사실. 일본 군인들은 위안소를 니규이치(29대1)라고 불렀다는 사실. 그 모든 사실을 인지했을 때 나는 몇 살이었을까. 아마 그녀들과 크게 다르지 않은 십대 소녀였을 것이

다. 가정시간에는 남학생과 단둘이 한 공간에 있을 때는 반드시 방문을 열어놓아야 한다는 식의 순결 교육을 받았으며, 하굣길 버스 안에서는 슬쩍 엉덩이를 만지려는 치한을 경계하느라 신경을 곤두세워야 했던 그 시절.

'정신대'에 대한 적나라한 진실을 받아들이는 것은 차라리 공포에 가까웠다. 그것은 성인이 되어서도 마찬가지였다. 90년대 초반, 생존해 있는 '정신대' 할머니들의 목소리가 막힌 물꼬를 튼 것처럼 흘러나오기 시작하고 그녀들의 생애를 다룬 다큐멘터리 영화가 만들어지기도 했지만 일부러 찾아서 보고 싶은 생각은 들지 않았다. 핑계는 늘 한 가지였다. 더 깊이 알고 나면 너무 무참한 기분이 될 것 같다는.

작년 여름, 소장 여성학자 안연선의 저서 『성노예와 병사 만들기』가 출간되었을 때 대부분의 중앙일간지에서 신간서평으로 다루지 않고 조용히 외면한 것도 혹시 이런 이유 때문이었을까? (그렇게 믿고 싶다.)

이것은 책상 앞에서 손으로 쓴 책이 아니다. 자료들을 모아 조합한 책도 아니다. 수년에 걸쳐 저자가 직접 두 발로 찾아가 만난 '노인들'에 대한 이야기가 이 책의 근간을 이루고 있다.

모두 '노인'이라는 카테고리로 묶이지만, 그들은 정확히 '이쪽'과 '저쪽'으로 나뉜다. 강제종군위안부 출신의 한국인 할머니들과 일본 군대 출신의 일본인 할아버지들. 강제종군위안부의 문제가 민족의 문제인 동시에 성gender의 문제임이 이들의 증언을 통해 극명히 드러난다.

먼저 옛 위안부 할머니들의 이야기가 있다. 성적 강제, 성폭력의 일상화, 그 과정에서의 일본 군인들과의 관계, 저항과 순응의 경험 등에 대해 털어놓으면서 그녀들이 가장 많이 한 말은 "내가 겪은 일은 말로 다 못해"였다.

반면 일본 군인 출신 남자들의 이야기는 더 복잡하다. 그들은 '위안부들'에 대해 인간적인 연애감정을 느꼈음을 고백하는 동시에 '더러운 여자'라고 말하는 등 상반된 이미지를 가지고 있었다. '위안소'의 역할이 단지 성욕을 해결하기 위해 고안된 장소만이 아니었음이 여기서 드러난다. '위안소'라는 공간은 조선 여성들을 '성노예'로 만드는 과정에 군인들을 참여시킴으로써 군사주의적 남성 정체성을 고취시켰으며, 식민지 출신 여성을 강간하고 학대하여 '타자화'시켰다. 이렇게 '위안소'는 단순히 성욕을 해소하는 공간을 넘어 식민주의·가부장주의 이데올로기가 실천되고 형성되는 역할을 했다.

특히 개인적으로 동의하는 부분은 한국의 민족주의적 시각에서 '위안부 문제'를 인권의 문제 이전에 민족 말살의 문제로 접근하고 해석해 왔다는 부분이다. 일본 제국주의에 의해 '한국 여성의 정조가 짓밟힘 당했다'고 비난하는 시각에는 가부장적인 순결 이데올로기가 깔려 있으며, 여성의 몸을 민족의 소유로 상정한 혐의가 있다는 것이다.

저자가 반복해서 사용하는 '성노예'라는 단어가 불편하게 받아들여지는 것도 사실이다. 그러나 그것이 '정치적으로 올바른' 것이라는 데 대해 저자는 단호한 입장을 취한다. '성노예'라는 단어처럼 감금에 의한 성폭력과 강제 매춘을 효과적으로 드러내주는 용어는 없다는 것이다. 책을 덮으면서, 그 말에 무리 없이 수긍하게 된다. 진부한 표현이지만 진실은 과연 힘이 세다.

책의 맨 마지막 몇 페이지에 걸쳐 수십 명 소녀들의 이름이 나열되어 있다. 짧고 무심한 그 문장과 문장 사이를 아주 천천히, 다시 읽어본다.

…… 정송명은 1924년 태어나 미얀마 양곤의 타이 쿠다라 위안소로 보내졌다. 그녀는 현재 북한에 생존해 있다. 홍애진은 1928년에 태어났다. 1942년에서 1945년까지 중국의 상하이, 하얼빈, 한커우 등에서 위안부 생활을 하였고 전후 중국에 남아 정착했다. 강순애는 1928년 도쿄에서 태어났다. 13세에 그녀는 팔라우 섬의 위안부로 보내졌다. ……

내가 무엇을 해야 하는지 누가 좀 알려주었으면 좋겠다.

안연선, 『성노예와 병사 만들기』, 삼인

아이

세상의 수많은 오솔길들, 그 길의 산책자들은 제각각의 방식으로 행복하다

"근데 말이야, 그 부부는 아직도 소식이 없나?" "여자가 애를 싫어한대. 딱 봐, 찔러도 피 한 방울 안 나오게 이기적으로 생겼잖아." "아무리 그래도 그렇지, 벌써 몇 년짼데 참 독하기도 하다." "둘 사이에 무슨 문제가 있을 거야, 그렇지 않고서야." "아니야, 둘이 사이좋게 잘 사는 것 같던데." "모르는 소리들 말아, 안 낳는 게 아니라 못 낳는 거래, 남자 쪽에 문제가 있다나 봐." "어머 정말? 역시 그랬구나." "자기들이 무슨 용가리 통뼈라고 그렇게 버티면서 살겠어, 다 이유가 있으니까 그렇지." "지금이야 괜찮겠지만 나중에 애 없이 어떻게 살려고 그러니. 아휴, 정말 불쌍하다."

말. 말. 말. 우리들은 그때, 결혼한 지 칠 년이 되도록 아이를 낳지 않고 사는 어떤 부부의 삶에 관해 이야기하고 있었다. 물론 당사자들은 없는 자리였다. 그러니까 속된 말로 '뒷담화'인 셈이었는데, 왜 아무 상관

도 없는 타인들이 남의 사생활을 도마에 올려놓고 찧고 까부느냐고 묻는다면, 뭐 변명거리는 무궁무진하다. 어른 두셋 이상 모여 가장 즐겁게 할 수 있는 국민오락은 고스톱 빼면 '남 얘기'이니까, 어쨌거나, 대한민국에서 정식 결혼식을 올리고 혼인신고까지 마치고 함께 사는 멀쩡한 부부가 몇 년 동안 아이를 가지지 않는다는 것은 이미 세상 입방아에 오르내리는 것쯤 각오하고도 남았다는 뜻이니까. 아무렴, 이 세상과 정면으로 '맞짱'을 뜨겠다는 선전포고의 자세가 아니고서야 이토록 '애 권하는 사회'에서 홀로 독야청청하기란 원천적으로 불가능하다.

이 책 『무자녀 혁명』의 부제는 '아이 없이 살아간다는 것의 의미'이다. 저자 매들린 케인은 '이제는 말해야 한다'고 자못 비장하게 선언한다. 의문은 꼬리를 문다. 자녀는 결혼과 가족을 완성시키는 유일한 조건인가? 자녀를 포기하는 것이 과연 이기심의 발로인가? 자녀에 대신하는 기능적 대체물은 없는가? 그리고 여성은 자신의 출산권을 스스로 선택할 수 없는가? 이 모든 질문에 답하기 위하여 저자가 선택한 방법은 주장이 아니라 낮은 목소리로 조근조근 고백하기이다.

아이 없는 여성들을 고통스럽게 만드는 말을 들으면 머리끝이 쭈뼛해지곤 했다. 나는 이 여성들을 개인적으로 잘 알았다. 그들은 지면紙面이나 텔레비전이나 영화에서 언급되는 그런 이기적이고 아이를 미워하는 일 중독자들이 아니었다. 내 친구들을 정의 내리는 방식에 대해 나는 분개하지 않을 수 없었다. 아는 사람 중에서 드러내 놓고 아이를 싫어하고 엄마가 되는 일에 질색인 여성들도 아이를 가지려 하는 나의 열망을 존중해 주었다. 그렇다면 그 반대의 경우는? 왜 세상은 그들을 똑같이 존중하지 않는가.

책 속에는 아이가 없는 인생을 살고 있는 여성들 백 명의 얘기가 직접화법으로 인용되어 있다. 그녀들의 솔직한 토로는 아이 없는 여성들 혹은 아이를 낳지 않은 여성들이 결코 '이상한 나라의 앨리스'가 아니라는 사실을 상기시켜 준다. 그녀들은 아이를 키울 자신이 없음을 자각했거나, 건강상의 이유나 종교적인 이유를 가지고 있거나, 스스로 원하지 않았기 때문에 그렇게 했을 뿐이다. 자기의 인생을 예측하고 선택했으며 결과를 담담히 받아들였을 뿐이다.

자기 앞의 현실과 싸워 마침내 '스스로의 팔자와 화해'하고 제 삶과 사이좋게 살고 있다는 측면에서 그녀들은 불행하지 않다. 별다른 자의식 없이 일반적인 생애주기의 룰을 따라 덜컥 아이를 낳아놓은 뒤에야 의무감과 압박감에 괴로워하는 일부 '엄마들'과 비교하여 특히 그렇다.

누구는 빨강을, 누구는 파랑을 좋아한다. 하나의 선택이 누구나 다 만족시켜 주는 경우는 불가능하며 있어서도 안 된다. 아이는 바랄 만한 존재다. 하지만 아이를 좋아하지 않는 사람들의 결정도 합당한 존중을 받는다면 엄마의 사랑을 받지 못하는 아이들도 덜 태어날 것이다. 그렇게 되면 세상은 덜 붐비는 곳이 되리라. 또한 무책임한 부모에게서 받은 피해를 복구하기 위해 애써야 할 사람들의 숫자도 그만큼 줄어들 것이다.

저자가 던지는 근본적인 화두는, 여자라는 성별로 태어나는 순간부터 은연중에 내면화되어 온 모성의 강박관념이 과연 옳은지 한번 돌아보라는 것이다. 이 물음은 또한 다른 사회적 편견들과 관련하여서도 유효하다.

언젠가 평생 아이를 가지지 않기로 결심한 기혼여성을 만난 적이 있다. 그녀는 남편과 함께 최선을 다해 고민하고 결론 내렸다. "너 애 키우는 즐거움이 뭔지 알아?" 노골적으로 묻는 친구에게 그녀는 이렇게 대답했다고 한다. "그러는 너는 아이 없이 사는 즐거움이 뭔지 알아?" 세상에는 수많은 오솔길들이 존재하고, 그 길의 산책자들은 제각각의 방식으로 행복하다!

매들린 케인, 『무자녀 혁명』, 이한중 옮김, 북키앙

궁녀

'역사적 진실'이라는 외피를 두른 '멜로드라마'

이 세상엔 논리적으로 설명하기 힘든, 불가사의한 일들이 적지 않다. 이를테면 〈장희빈〉의 인기 같은 것. 몇 년 주기로 재탕, 삼탕을 반복하면서도 방영될 때마다 주구장창 시청자들의 사랑을 독차지하는 그 '안방사극'들 말이다. 역사 속의 한 시대를 배경 삼아 실존인물의 삶을 극화했다는 점이 그 드라마들의 특징이라는 것은 삼척동자도 아는 사실.

이 지점에서 의문은 더욱 증폭된다. 시청자가 드라마를 보는 이유가 결국 내러티브의 전개, 즉 다음에 벌어질 사건에 대한 궁금증에 기인한다는 것이 '정설'이라면, 발단·전개·위기·절정은 물론 사랑하던 남자가 내린 사약을 받고 죽음에 이른다는 결말까지 이미 뻔히 드러난, 날긋날긋 오래된 이야기가 왜 한국인들을 매료시키는 걸까?

올해 상반기 출간된 두 권의 책『궁궐의 꽃 궁녀』와『장희빈, 사극의 배반』은 모두 텔레비전의 사극을 떠올리게 한다는 공통점을 가졌다. 『장희빈』은 아예 KBS 드라마 〈장희빈〉 제작사의 제의로 씌어진 책이라는 것을 서문에서 밝히고 있다. 그리고, 드라마와 직접적 연관성은 없 겠지만, 『궁녀』를 읽는 동안에는 공전의 히트를 기록하며 종영한 MBC 드라마 〈대장금〉이 자연스럽게 오버랩된다. 역사학 박사학위를 가지고 있는 현장연구자들에 의해 집필된 교양서라는 것도 두 책의 유사점일 터다.

그러나 사극이 펼치는 역사가 과연 역사인가, 라는 보다 복잡한 물음을 던지며 사극 속에서 '악녀'로 왜곡되어 온 궁궐여성과 숙종시대의 정치판도에 대해 학구적 자세로 고찰하고 있는 『장희빈』에 비하여, 일반 독자의 즉물적 호기심을 자극하는 것은 아무래도 『궁녀』 쪽이다.

『궁녀』의 저자는 조선시대 궁녀에 대한 이미지가 심하게 비뚤어져 있다는 데서 논의를 출발시킨다. 궁녀는 후대에서 막연히 짐작하듯 '왕의 여자' 또는 '왕의 잠재적인 성 파트너'의 역할로 존재했던 것이 아니라 궁중의 가사노동 전문가이자 일정한 정치적 위치를 담당했던 '전문직' 여성 집단이었다는 것이 저자가 강조하는 바다. 아예 첫 장의 소제목은 「궁녀 바로 알기」로 붙였으며, 여기에는 백제 의자왕의 삼천 궁녀가 후세 시인들의 문학적 표현일 뿐 실제로는 허구였음이 '고발'되어 있다. 이렇듯 사람들의 머릿속에서 궁녀라는 이름은 현실과 다르게 음험한 상상력을 자극하는 방식으로 조작되고 부풀려져왔다는 것이 이 책의 기본 전제다.

눈여겨봐야 할 부분은 두 번째 장인 「궁녀열전」이다. 이 장에서는 조선시대의 궁녀들 중 특별한 생을 보냈던 여러 여성들의 개인사에 대해 소개되고 있는데, 사극의 단골 헤로인으로 우리에게 친숙한 악녀들, '장녹수'와 '김개시'의 삶뿐 아니라 노비의 신분으로 태어나 신빈의 자리에 오른 세종조의 후궁 '김씨,' 구한말 갑신정변 때 혁명파의 동조자로 활동했던 꺽다리 궁녀 '고대수,' 청나라 출신으로 조선 궁녀가 된 '굴씨' 등의 파란만장한 생애가 담겨 있어 그 자체만으로 흥미로운 읽을거리다. 쉽게 접하기 어려웠던 조선시대 궁녀들의 업무라든지 생활형태, 월급체계, 인간관계 등의 정보를 비교적 꼼꼼히 알려주고 있는 것은 분명 이 책의 큰 미덕이다.

그러나 대중적 역사교양서에 대해 '세계관'을 요구하는 것은 역시 무리일까. 세종의 후궁 신빈 김씨는 '신데렐라'라는, 다분히 시대착오적인 단어 한마디로 정의 내려진다.

세종과 왕후 심씨, 그리고 신빈 김씨는 놀라울 정도로 의가 좋았다. 이것은 세종이 신빈 김씨를 총애하면서도 본처를 소홀히 대하지 않았기 때문이다. …… 소헌왕후와 김씨 역시 서로 질투하지 않고 존중했음을 말할 필요도 없을 듯하다. …… 자칫하면 신데렐라의 계모 같은 악역을 맡았을지도 모를 소헌왕후 심씨가 이렇듯 질투심을 초월했다는 사실이 놀랍기까지 하다. 그래서 그런지 소헌왕후 심씨는 끝까지 세종의 사랑을 받았다. …… 신빈 김씨는 공노비 출신으로 궁녀가 되어 빈의 자리까지 올랐으며, 세종의 사랑을 받아 아들 여섯, 딸 둘을 낳고 천수까지 누렸다는 점에서 조선시대 최고의 신데렐라라 할 만하다.

자, 이제 다시 처음의 의문으로 되돌아가보자. 사람들은 왜 결말이 뻔한 사극을 끊임없이 소비하는가. 듣고 또 들어온 이야기를 왜, 또다시 듣고 싶어하는가. 사극은 '역사적 진실'이라는 외피를 두르고 있다. 그것은 어떤 허구적 스토리보다 강력한 힘을 발휘하여 '멜로드라마'의 논리를 '역사'의 논리로 탈바꿈시킨다.

장희빈과 인현왕후의 유명한 대결, 신빈 김씨와 소헌왕후의 다정한 결탁, 장녹수나 김개시의 패륜적 행태. 무엇이든 좋다. 세상은 너무 빨리 변하지만 사람들은 여전히, 어쩌면 점점 더, 권선징악(!)의 그 '순정한' 진리를 확인받고 싶어한다. 자신이 보는 것이 '역사의 외피'를 쓴 '멜로드라마'라는 사실을, 모두들 알고 있지만 아무도 말하지 않는다. 그것이 바로 이 끔찍하게 진부한 세계를 굴러가게 하는 '정상성'의 한 동인動因일까?

이 책 속 궁궐 여성들의 생애사를 읽는 동안 나는 작은 못으로 가슴 한구석을 긁힌 것만 같은 아릿한 통증을 느꼈다. 언젠가는 가부장적 윤리의 척도 너머 그녀들의 '진짜 이야기'를 들을 수 있게 되기를 진심으로 바란다.

신명호, 『궁궐의 꽃 궁녀』, 시공사 / 김아네스, 이장우, 정두희, 최선혜, 『장희빈, 사극의 배반』, 소나무

남자

한국 남자는 도대체 어떤 과정을 거쳐 '남성'이라는 종족으로 진화되는가

한국 여자인 나는 언제나 한국 남자가 궁금하다. "여자는 태어나는 것이 아니라 만들어지는 것"이라던 시몬 드 보부아르의 고전적인 단언을 상기하지 않더라도 성 정체성의 문제에 관한 한 우리는 늘 여성의 문제에만 초점을 맞추어오지 않았는가. 여성이 여성으로 사회화되었다면 또 다른 성, '남자'들은? 그들은 도대체 어떤 과정을 거쳐 '남성'이라는 종족으로 진화되는 걸까?

『남자의 탄생』은 이런 질문에 대한, 한 용기 있는 한국 남성의 자기고백적 현현顯現이다. 정치학자인 저자는 책의 부제를 '한 아이의 유년기를 통해 보는 한국 남자의 정체성 형성 과정'이라고 붙였다. 5세부터 12세에 걸친 자신의 유년 시절 성장 과정을 통해 한 '평범한' 한국 남자의 정체성을 결정지은 한국 특유의 가족 문화와 한국 사회의 구조적 특징들을 적나라하게 밝히고 있다. 그런 의미에서 이 책은 날카로운 정신

분석학적, 인류학적 보고서이기도 하다.

영국 국왕처럼 군림하되 통치하지 않는 아버지와, 아들에 대해 무조건적 사랑과 희생을 제공하는 어머니 틈에서 남자아이는 '동굴 속 황제'로 키워진다. 신분적 질서와 권위주의, 자기애를 내면화하게 되는 것이다. 이렇게 탄생된 수직적 정체성은 학교, 사회, 국가 단위로 고스란히 이어진다.

아버지는 이 사회가 나에게 침투하는 하나의 방식이며, 내가 사회로 나가는 유일한 통로였다. …… 나는 아버지를 통해 세상의 일원이 되는 것과, '어머니 공간'에서 익힌 동굴 속 황제의 습성을 남성들의 세상에서 펼쳐 보이는 방법을 배웠다. 내가 세상 속에서 동굴 속 황제가 되는 길은 맨 먼저 스스로 낮추어 '국가여! 저를 동원해주세요'라고 말하는 신하가 되는 것이었다. 신하가 되어본 자만이 황제가 될 수 있기 때문이다.

스스로 가부장적 국가라는 거대 조직의 '똘마니'였음을 고백하는, 그 육성이 절절하다. "네 안의 아버지를 살해하라!"는 이토록 도발적인 결론과 함께.

한 평범한 한국 여자로서 나는 책을 읽는 내내 가슴이 아팠다. 놀라운 것은 그러면서도 매우 재미있다는 사실. 공적인 언어가 아니라 마치 일기장을 옮겨온 듯한 사적인 문체가 독자의 가독성과 공감대를 넓혔다는 점, 그리고 개인의 문제를 정치적·사회적 맥락에서 분석하는 하나

의 새 영토를 개척했다는 점 또한 이 책『남자의 탄생』을 잊을 수 없는

이유다. 내가 올해 읽은 가장 진실한 책이다.

전인권, 『남자의 탄생』, 푸른숲

쿨

내 인생의 쿨을 고민하기 전에 남의 인생에 대한 오버를 반성하기

그해 가을, 나는 스무 살이었고 강남 모 영어회화학원 대학생 클래스의 불성실한 수강생이었다. 상호, 은경, 현주 같은 이름 대신 우리는 서로를 케빈, 크리스, 제니퍼라고 불렀다. 재미교포 출신 젊은 여강사의 한국어 화법은 다음과 같았다. "크리스, 오늘 스타일이 정말 쿨 cool하군요." 스타일이 차갑다고? "케빈, 당신은 정말 쿨한 개성을 가졌어요!" 개성이 어떻게 차가울 수가? 샐리라고 불리던 그 시절, 처음으로 나는 쿨이라는 형용사 뒤에 또 다른 의미가 숨어 있다는 사실을 어렴풋이 눈치 챘다. 그녀가 쿠울, 이라고 발음할 때마다 한 번도 가보지 못한 뉴욕 거리가 떠올랐으며 왠지 이유없는 주눅이 들곤 했다. 내가 학원을 그만둘 때까지 강사는 끝내 "샐리, 당신도 쿨해요"라고 말해 주지 않았고 한동안 '나는 역시 촌스런 인간이군'이라는 은근한 콤플렉스에 시달렸음을 고백한다.

그리고, 그때 나는 쿨에 관한 명백한 진실 하나를 배울 수 있었다. 누군가 '너 쿨하다'고 말해줄 때에만 나는 비로소 쿨한 것이다!

요즘 여기저기서 '쿨'을 이야기한다. 거칠게 요약하자면 지금 대한민국이 열광하는 '쿨'이란 '삶에 대한 세련되고 심플한 태도'가 될 것이다. 그렇다면 '쿨한 인간'은 '타인의 시선에 연연하지 않고 스스로에게 솔직한 개인주의자'인 것인가.

대중매체는 앞 다투어 '쿨한 인간'의 정형을 만들어내기 바쁘다. 영화 속의, 드라마 속의 '쿨족族'은 역시 멋지다. 남편이 바람을 피워도 콧등 한번 찌푸리지 않고 쿨하게 이혼하고, 하룻밤의 실수로 임신한 뒤에는 아무에게도 책임을 묻지 않고 쿨하게 미혼모가 된다. 예상 못한 생의 허방 앞에 절망하기는커녕 쿨하게 씩, 한 번 웃고 말 뿐이다. 제도가 금 그어놓은 어떤 가치에도 집착하지 않는 그들은 더구나 세련된 외모와 패션, 특별한 문화적 취향까지 소유하고 있으니 과연 새 시대의 새로운 주류가 될 자격을 갖춘 듯 보인다. 그런데 잠깐! 만약 그들이 내 친구라면? 내 동생이라면? 그리고 나라면?

영화에서처럼, 한 미혼여성이 어느 날 갑자기 아이를 낳은 뒤 "내가 원한 일이에요"라고 쿨한 음성으로 말한다면 이 사회의 구성원들은 어떤 표정을 지을 것인가. "그래. 네가 잘 생각하고 결정했겠지. 축하한다." 저토록 쿨한 축하인사를 건넬 사람이 있기나 할까? 우선 소문이 돌 것이다. "누구네 집 막내딸이 시집도 안 갔는데 애를 뱄대." "세상에, 망측해라." "애 아버지는 누구래?" "그걸 누가 알겠어? 원래 품행이 칠칠

맞았다 하잖아" 이 맛있는 '뒷담화' 거리는 소문을 잠재울 또 다른 소문이 도래할 때까지 입 가진 사람들의 주위를 둥둥 유령처럼 떠다닐 것이다. 미혼모의 쿨한 자기 결정 의지도 풍문의 벽으로부터 스스로를 보호하지 못할 것이다.

하긴, 먼 얘기도 아니다. '일반적인 혼기'를 지난 미혼자들은 끊임없이 결혼 언제 할 거냐는 질문에 시달리고, '무자녀 부부'는 끊임없이 아이 언제 낳을 거냐는 질문에 시달리는 이곳. '표준'과 조금이라도 다르게 사는 꼴은 도저히 눈뜨고 봐주지 못하는 이곳. 타인의 사생활이라는 개념조차 희미한 이곳. 당신과 내가 사는 대. 한. 민. 국! 그러니 지금 이 이중적인 장소에서 쿨을 말하는 자, 도대체 누구인가?

쿨은 스타일도, 취향도 아니다. 그것은 정신이다. 딕 파운틴의 책『세대를 가로지르는 반역의 정신 COOL』에서 저자는 자본주의의 번영 속에 세상의 중심인 양 행동하던 미국 중산층이 물질적 풍요에 대하여 상대적 박탈감을 느끼고 흑인 문화인 '쿨'을 받아들였다고 말한다. 한국 사회에 불고 있는 '쿨 열풍'의 원인을 짐작할 수 있게 해주는 발언이다.

스무 살이나 지금이나 결코 자발적으로 '쿨'하지 못한 나는 다만 바랄 뿐이다. 부디 이 땅의 '쿨 유행'이 표피적인 것에 그치지 않기를. 이 땅의 구성원들이 '내 인생의 쿨'을 고민하기 전에 먼저 '남의 인생에 대한 오버'를 반성하게 되기를! 과연 이루어질 수 있는 바람인지는 잘 모르겠지만 말이다.

딕 파운틴, 데이비드 로빈슨,『세대를 가로지르는 반역의 정신 COOL』, 이동연 옮김, 사람과책

요부

가부장제 사회의 음험한 계략을 향해 처든 가운뎃손가락

비치bitch, 암캐! 이토록 불경스런 제목의 책은 본 적이 없다. 표지 사진은 또 어떤가. 가슴을 드러낸 긴 머리의 여자가 가운뎃손가락을 하늘 위로 뻣뻣이 처들고 있다. 카메라의 피사체가 된 순간 도리어 카메라를 조롱하는 그녀, 발칙한 저자, 엘리자베스 워첼은 세상을 향해 지금 몸으로 '욕'을 하는 중이다.

30대 초반의 그녀는 '제3세대 페미니스트'라고 불리는 미국 여성이다. 선배 페미니스트들이 계몽적 자세로 남성 중심 사회를 질타하는 여교사의 면모를 가졌다면, 그녀는 맨 뒷자리에 다리를 꼬고 앉아 '저 꼰대들, 다 똑같아!'라며 비웃는 당돌한 문제아로 보인다. 개인적 성 경험조차 아무렇지 않게 드러내는 도발적 방식으로 그녀는 이 완고한 가부장제 사회의 뒤통수를 가격한다.

『비치: 음탕한 계집』속에는 수많은 '요부'(妖婦, Femme Fatale)가 등장한다. 역사에 의해 '음탕한 암캐'로 규정된 여자들 말이다. 세간의 요부들은 그 면면도 다양하다. 삼손의 머리를 잘라 파멸하도록 만든 구약 성서의 데릴라, 유부남 애인의 아내를 총으로 쏴 미국 전역을 떠들썩하게 한 소녀 에이미 피셔, 화려한 모델 생활을 하다 자살로 생을 마감한 마고 헤밍웨이, 막후의 대통령이라는 별명을 얻은 힐러리 클린턴, 남편에 의해 무참히 살해된 O. J. 심슨의 아내 니콜 브라운. 이 여자들을 둘러싼 풍문과 진실, 비밀과 거짓말의 담론이 각 장에서 흥미롭게 전개되고 있다.

지은이의 논점은 명확하다. 정숙한 성녀를 추앙하는 동시에 요부에 열광하는 세상, 그리고 여성의 육체가 '과잉성애화over-sexualized'되어 재미있는 놀이거리로 취급되는 세상에서 이 여자들은 제 욕망을 열정적으로 추구했다는 이유만으로 '나쁜 년'이라 낙인찍혀 단죄되었다는 것이다.

또한 저자 워첼은 그녀들이 희구했던 욕망도 남성 중심 사회에 의해 부추겨진 신기루였을지 모른다고 주장한다. 팝의 여왕 마돈나의 경우에서처럼 여성은 자신의 성을 이용하여 해방감을 표현하는 듯 보이는 순간에조차 사실은 남성적 시선과 억압으로부터 자유롭지 못하기 때문이다. '요부'라는 주홍색 낙인 뒤에 가부장제 사회의 음험한 계략이 교묘히 숨겨져 있다는 것이다. 그렇다면 "여성으로서 최고의 영광은 남의 입에 오르내리지 않는 것이다"라고 발언했다는 페리클레스의 고대 아테네 시대로부터 세상은 과연 얼마큼 진화한 것인가.

특히 독자의 주의를 환기시키는 부분은 제2편 「영계 아가씨, 아빠 집에 계셔?」이다. 1992년 애인의 아내에게 방아쇠를 당겼던 16세 소녀 에이미 피셔. 그녀의 삶을 따라가다 보면 우리는 외면하고픈 진실과 정면으로 마주하게 된다. 에이미는 지금도 1급 살인죄로 복역 중이지만 그 어린 소녀를 성적으로 이용했던 성인 남성들은 오히려 그녀와의 경험담을 언론에 팔아 엄청난 경제적 이익을 얻었다. '헤픈 여자'는 언제나 비참한 종말을 맞지만, 상대 남성들은 결정적 순간에 쓱 몸을 빼고는 당당하게 또는 뻔뻔하게 제 앞의 생을 살아가는 것이다. 그런데 이 불공정한 게임의 규칙이 어쩐지 익숙하게 느껴지지 않는가?

엘리자베스 워첼의 바짝 쳐든 가운뎃손가락! 우리 사회도 그 통렬한 비난에서 자유로울 수 없다는 사실을, 우리 자신은 분명히 알고 있다. 그러면 이제 무엇을 해야 하나. 저자는 개운하게 대안을 제시한다. "유일한 희망은 우리의 부끄러움 없는 솔직함이다." 이 지독한 책, 『비치: 음탕한 계집』의 뒷맛이 깊은 여운으로 남는 이유다.

엘리자베스 워첼, 『비치: 음탕한 계집』, 손재석, 양지영 옮김, 황금가지

사치

몹시 비현실적이지만 그래서 더 솔깃해지는 질문과 맞닥뜨릴 때가 있다. 이를테면 이런 문제. 만약 당신이 무인도에 가게 되었다고 치자. 딱 세 가지 물건만을 소유할 수 있다면 무엇을 선택하겠는가. 누구라도 극렬한 갈등과 고민에 빠지지 않을 수 없을 것이다. 가장 아끼는 책 세 권을 골라 챙기겠다는 사람도 보았고, 비상식량과 다용도 나이프와 함께 새로 구입한 엠피쓰리를 가져가겠다는 사람도 보았다. 왜일까? 문자를 읽지 않아도, 음악을 듣지 않아도, 인간은 생존할 수 있는데? 문학이나 음악은 그 자체로는 아무 쓸모가 없고 비생산적인 것들인데? 이 책 『로빈슨 크루소의 사치』의 지은이 역시 어쩌면 바로 그런 궁금증에서부터 문제의식을 발전시켰는지도 모른다.

'사치스럽다'는 평가는 모욕적이다. 그 형용사를 듣는 순간 우리는 반사적으로 마리 앙투아네트를 연상하거나, 혹은 최근 장안을 뜨겁게

달구었던 '된장녀' 논란을 떠올리게 된다. 그러나 이 책의 저자는 전혀 다른 방식으로 '사치'라는 개념에 대한 접근을 시도한다. 그가 주목하는 것은 사치가 주는 행복이다. 세상에. 사치의 행복이라니! 고가의 명품들과 유명 브랜드의 유혹이 사방에서 넘쳐 나는 동시에 타인의 소비 행위에 대해 날카로운 감시의 눈길을 보내는 이 모순의 시대. 소비의 노예인 동시에 소비를 배척하는 이중구조로 이루어진 시대에 매우 용감한 발언이다.

저자는 현대인들이 사치를 극도로 매도하는 한편 그에 대한 강한 열망을 품고 있다고 진단하면서, 당장 필요치 않은 여분을 쌓아두는 행위인 사치를 통해 미래에 대비한 비축이 주는 안도감과 쾌감을 맛본다고 분석한다. 무인도에 홀로 표류하였던 사내 로빈슨 크루소야말로 적확한 예다. 로빈슨 크루소가 아무런 희망도 없는 무인도에서 매일 일기를 쓰며 하루 생활을 기록하고 고독 속에서도 희열을 맛볼 수 있었던 건 창고 가득 미리 저장해 둔 식량들 덕분이었다. 그가 느꼈을 평화롭고 느긋한 순간을, 검박하나마 사치라 부르지 않을 수 없다.

로빈슨 크루소조차 소박한 사치의 즐거움을 만끽했다는 것은, 곧 어떤 사회적 인간도 최소한의 사치 없이는 살아가기 어렵다는 뜻이 된다. 사치를 극단적으로 배척하면 당장 먹을 것 외에는 쌀 한 톨도 남기면 안 된다는 논리에 도달하게 될 수도 있다. 과연 그것을 인간적인 삶이라 부를 수 있을까? 인간적인 삶, 즉 문명이란 결국 여분의 비축을 통해 이루어져 왔고, 그 여분의 비축이 바로 사치의 기원이라는 주장에 고개를 끄덕이게 된다.

무조건적인 절약과 생산 우위의 이념이 지배했던 시대가 지났음에도 불구하고, 저자는 그 옛 이념들이 아직 사라지지 않은 채 강박의 형태로 현대사회를 옥죄고 있다고 본다. 소비를 위한 소비가 모두 무용無用적 행위라는, 우리 안의 죄의식으로부터 이제는 좀 자유로워지자는 것이다.

책은 흥미롭게 읽힌다. 중산층이 상류계급의 소비를 모방하며 계층 상승의 기분을 누리지만 정작 상류층은 검소한 생활방식으로 스스로를 차별화해 나간다는 일화를 통하여, 소비의 문제는 결국 계급의 문제임을 밝히는 식의 통찰도 반짝거린다. 푸코와 앙리 르페브르 등 프랑스 석학들의 저서를 국내에 소개해온 지은이는 "세상 읽기만큼 짜릿하게 재미있는 것은 없다"고 말하면서, '지금 여기'에 대한 매혹을 감추지 않는다.

그렇다면, 오늘 여기에서는 어떤 일이 일어나고 있는가. 고가의 외제 화장품이 '사기'로 판명되었다는 인터넷 뉴스에 비난 섞인 댓글들이 줄줄이 달려 있다. "쯧쯧 꼴좋다. 외제라면 무조건 눈이 뒤집혀서는." 지금 이곳에서 무언가를 소비한다는 것은 도대체 어떤 의미를 가지는가. 소비는 일종의 문화적 실천이며 심미적 판단행위이다. 자신의 판단에 대해 기꺼이 재화를 지불하는 행위는 익명의 개인에게 살아 있다는 존재감을 드러내도록 한다. 소비하는 개인들에게 저마다 무엇이 사치이고 사치가 아닌지 타인이 어떻게 판단할 수 있겠는가. 사치스럽다는

비난에서 영원히 자유로울 수 있는 자, 그 누구인가. 오늘도 나는 무인
도에 가지고 갈 바로 그 물건을 고민하며 '이베이'와 '옥션'을 흘끔거
린다.

박정자, 『로빈슨크루소의 사치』, 기파랑

당혹스럽게

장남

가부장제의 트라우마, 혹은 이데올로기

　　대한민국 장남은 무엇으로 사는가. '49년차 장남의 신新장남 행복학'이라는 부제가 붙은 이 책은 한국 사회에서의 장남의 사회적 지위에 관한 사회학적 보고서가 아니다. 거시적인 사회적 통찰 대신에 저자는 읽는 이가 당황하리만치 솔직한 육성으로 자신의 가족사와 장남으로서의 자의식에 대해 말한다. "둘째만큼 재테크에 능하지 못하고 셋째만큼 머리도 좋지 못하며 넷째만큼 잘생기지 못한" 이 '49년차 장남' 개인의 역사는 충분히 진솔하며 또 그만큼 전형적이다.

　　저자는 5형제의 맏이로 태어났다. 교사이며 천석꾼의 후예였던 아버지를 둔 장남은 어린 시절 말 그대로 특권적 존재였다. 제일 먼저 새 옷을 입을 권리를 가졌으며, 제사상 음식에 손댈 수 있었고, 손가락보다 더 큰 생선구이를 밥숟가락에 얹을 수 있었다. 그러나 그 권리가 실은 엄청난 책임을 전제하고 있다는 사실은 얼마 안 가 드러난다.

쇠락은 언제나 익숙한 방식으로 찾아온다. 열두 살 무렵, 서울행 장항선 3등 칸에 몸을 실어 상경한 이 가족을 서울은 호락호락 받아주지 않았고, 중풍으로 쓰러진 부친 대신 가문의 미래는 온전히 장남의 어깨 위에 얹혀졌다. 그것은 이를테면 버스비가 없어 울먹이며 학교에 가는 아우를 고통스런 책임감으로 지켜보아야만 하는 일이라고 저자는 술회한다.

결혼 후엔 또 어떤가. 우여곡절 끝에 간신히 결혼하지만 아내는 고부갈등으로 두 번이나 집을 나간다. 그뿐 아니다. 슬쩍 손을 내미는 동생들에게 빈 지갑이지만 언제나 괜찮은 척 넉넉한 미소를 지어야 하고, 동생들이 단란한 신혼살림에 젖어 있을 때도 부모와 가문의 앞일을 먼저 생각하며 말없이 담배를 피워물 수밖에 없다. 장남은 이 모든 상황을 그저 묵묵히 감내해야 하는 존재인 것이다.

또한 그는 늘 미안해하는 사람이다. 아내에게는 맏며느리라는 부담스런 짐을 지운 나쁜 남편으로서, 동생들에게는 책임을 다하지 못한 무능한 큰형으로서, 몸이 쇠약한 부모에게는 더 잘 공양하지 못한 불효자로서 죄책감과 함께 끝없는 책임을 낙타 등의 혹처럼 짊어지고 가야 한다.

그렇다면 대한민국의 장남은 천형인 것인가. 이에 대해 저자는 '나는 왜 장남으로 태어났을까' 라는 원망 대신 언제부터인가 그 장남의 숙명을 새로운 철학과 확신으로 바꾸게 되었다고 고백한다. (바로 여기부터가 이 책의 진짜 기획의도인 셈이다.) 그리하여 이 책의 후반부는 저자가 주장하는 장남의 새로운 윤리학과 정치이념에 대한 역설로 채워져 있다.

49년 동안 맏형 노릇을 충실히 해온 저자의 소견에 의하면 한국 사회의 여러 문제들은 '장남 정신'의 부재에서 비롯된 것이다. 사명감과 소명의식이 없는 세태야말로 '장남'이 없는 콩가루 사회라는 얘기다. 그는 '진정한 리더는 없고 리더가 되기 위한 욕망만 판치는 시대'를 질타하며, 남의 탓만 하고 변명하기 급급한 덜 여문 '아우 의식'에서 벗어나 사회 곳곳에서 '앞장서고 책임지며 베풀 줄 아는 장남 정신'을 되새겨야 한다고 말한다.

장남들의 리더십과 회사나 조직을 이끄는 수장들의 리더십은 다르지 않다. 장남이 무너지는 순간 그 집안에 흉흉한 그림자가 뒤덮이듯 조직의 리더가 제 역할을 하지 못하면 그 조직은 큰 위기에 처하게 된다.

이제 저자는 '우리 시대는 모두가 장남이어야 한다'는 과감한 주장을 하기에 이른다. 보수적인 남편이자 능력이 부족한 큰형, 생계능력이 없는 부모를 모셔야 하는 다중의 책임을 지닌 나약한 존재로서의 장남이, 그러니까 가부장제의 진짜 희생양으로서의 장남이, 새로운 리더십의 표상으로 스스로 존재 전환하는 셈이다.

전통적인 가부장적 질서가 이미 형해形骸만 남은 시대에 '장남 정신이 살아야 나라가 산다'는 슬로건은 다분히 시대착오적이다. 물론 그 시대착오에는 얼마간의 개인적 진실과 진정성이 담겨 있다. 그리고 그것을 이 책의 미덕이라고 불러야 할 것이다. 또한 이 책을 통해 이 땅의 불쌍한 장남들이 얼마간의 위로를 받게 된다면 썩 다행한 일에 속할 것이다. 장남으로서 가족 내 처세의 노하우 역시 실용적 지식의 일부로 가볍게 받아들일 수 있겠다.

그러나 이런 방식의 '장남의 탄생' 논리는 한국 사회에서의 장남의 트라우마를 자칫 장남의 이데올로기로 승화시킬 수 있기 때문에 위험하다. 더 염려스러운 것은 그 이데올로기적 효과다. 가부장제의 희생자로서의 장남이 '나는 희생자이지만 동시에 너희를 이끌어갈 리더'라고 선언하는 것은, 희생자의 내적 논리 안에 이미 잠복해 있던 강력한 욕망을 환한 백일몽처럼 밖으로 드러내는 행위다. 가부장적인 사회구조의 내면화로부터 비롯된 저 어처구니없는 소명감과 책임감 때문에, 가족과 사회를 '내적 식민지'로 만드는 사태는 한국 사회의 뿌리 깊은 질환에 속한다. 안으로 곪아터진 질환을 진료한답시고 '그 질병을 즐겨라' 혹은 '그 질병에 대해 떳떳해라'라고 주장하는 것은 아주 기이한, 적敵들의 치료법이다.

윤영무, 『대한민국에서 장남으로 살아가기』, 명진출판사

동화

사랑하는 아이들아, 깨끗하게 벌어 차곡차곡 모아 행복하게 살아라

"그런 것까지 시켜야 해?" 한국에서, 애 없는 어른이 애 있는 어른한테 어줍잖게 충고했다가는 본전도 못 찾기 십상이다. "흥, 네가 한번 낳아서 키워봐. 무슨 용빼는 재주 있나." 애를 키워보기는커녕 낳아본 경험도 없는 국외자 주제에 타인들의 자녀 교육관 및 아동도서 선정기준에 대해 왈가왈부할 입장이 못 된다는 것쯤, 나도 잘 안다. 하지만 감정표현의 자유는 있을 터이니 우선 감탄부터 하고 보자. 오, 놀라워라. 이것은 완벽한 출판기획의 승리다!

여기, 열두 살짜리 소녀가 있다. '평범한 부모 밑에서 자란 보통 아이'라고 한다. 평범과 보통의 기준이 무엇인지야 뭐 어차피 각양각색 주관적인 것이므로 토 달지 말기로 하고. 어쨌든 이 보통 소녀는 남 달리 특별한 능력을 하나 보유하고 있으니, 바로 '물건과 대화 나누기' 신공神功이다. 유년 시절 한때 곰인형이나 로봇태권브이 모형 등등과 은

187

밀한 둘만의 대화를 주고받은 경험이라면 누구나 가진 게 아니냐, 그게 뭐 대수냐고 항의하지 마시라. 우리의 비범한 보통 소녀와 교감을 나누는 물건은, 때문고 침묵은 당신의 헝겊인형 따위가 아니다. 비록 허름한 분홍 토끼 모양으로 위장했지만, 쨍그랑 한 푼, 쨍그랑 두 푼, 동전을 먹어야 배부른 그것의 정체는 저금통이다.

탐욕과 비루함의 상징인 돼지 저금통이 아니라, 귀엽고 앙증맞고 사랑스러운 토끼 저금통이라니. 게다가 기쁨과 평화를 상징하는 분홍색이라니. 시뻘건 돼지 저금통 대신 분홍 토끼 저금통에 들어가는 돈. 그 돈에서는, 우리가 익히 아는 구질구질한 돈 냄새 대신 달콤하고 향긋한 사탕 맛이라도 묻어날 것 같다. 그 돈은, 밤하늘에 아스라이 반짝이는 희망의 별이자 미래의 약속일 뿐 희로애락 · 오욕칠정 · 애물단지 같은 세속적 수식과는 아무 상관없어 보인다.

소녀가 유치원에 다닐 적부터 분홍 토끼 저금통에 한 푼 두 푼 모으기 시작한 돈이 현재 예금통장 잔고 천만 원을 자랑한다는 것이 이 책의 핵심 내용이다. 돈을 모으기 위해 소녀는 아껴 쓰고 저축한다. 노동도 한다. 청소 천 원, 설거지 천 원, 세차 이천 원. 고객인 부모로부터 안정적인 독점영업권을 확보하고 있다. 벼룩시장을 열어 헌 물건을 내다 팔기도 한다. 세뱃돈을 탈 수 있는 설날은 최고의 대목이다. 여덟 살의 명절에는 25만 6천 원을 수금했고 그 금액은 유치원 시절 모았던 56만 4천 원과 합쳐져 약 80만 원이 되어주었다. 그것이 말하자면 오늘의 영광, 오늘의 천만 원이 있게 한 종자돈인 셈이다. 어쨌든 고지는 바로 저기!

천만 원이다. 돈에 관하여 소녀에게는 나름대로의 확고한 철학이 있다. 그것은 곧 이 책이 함유하고 있는 이데올로기에 다름 아닐 것이다. 가령 다음과 같은 문장들.

"새 것은 맨 처음 그것을 쓸 때 기분이 좋을 뿐이다. 두 번째 쓸 때부터는 이미 다른 헌 물건과 마찬가지가 된다. 처음 그 기분 좋은 한 번을 위해서 필요하지도 않은 새 물건을 사는 것은 아무리 생각해도 낭비다. 차라리 그 물건 살 돈을 저금해 두면 돈이라도 남게 된다." 분홍토끼 말처럼 며칠 지나자 친구들 크레파스도 헌 것이 되었다. 그리고 친구들은 예담이를 놀렸다는 사실조차 까맣게 잊었다. 하지만 예담이는 결코 잊을 수 없었다. 친구들 학용품을 볼 때마다 마음속에서 이렇게 중얼거렸다. '너희들은 모르지? 난 너희들보다 부자다.'

이 총체적 경제 불황의 와중에 '경제 동화'라는 타이틀을 단 이 책이 호황을 누리며 팔려나가는 것은 결코 우연이 아니다. 삶이 벅차게 여겨질수록, 까짓 거 가릴 게 뭐 있나, 제 안의 욕망에 충실해지는 게 인지상정일 터. 이 책은 한국의 부모들로 하여금 자식새끼 앞에 차마 꺼내놓지 못했던 마지막 금기의 한마디를 뱉어낼 수 있도록 명석을 깔아주었다.

사랑하는 아이들아. 결국 다 너희들 잘 되라고, 잘 먹고 잘 살라고 부모가 이 고생을 하는 거란다. 너희에게도 그 고생을 시키는 거란다. 꾹 참고 노력하다 보면 언젠가는 웃으며 소리칠 날이 돌아올 거다. '너희들은 모르지? 난 너희들보다 부자다'라고.

이 책의 표지에는 아빠 구두를 열심히 닦고 있는 소녀와 돈 다발이, 나란히 그려져 있다. '우리나라 최초의 실명 경제 동화'라는 친절한 부제도 달려 있다. 하지만 가장 핵심적인 설명은 살짝 빠져 있다. 실명과 실화의 후광을 등에 업은 이 책, 『예담이는 열두 살에 1,000만원을 모았어요』는 동화는 동화이되 '어른들을 위한 동화'다. 사랑하는 내 아이만은 복잡하고도 암울한 '더러운 돈'의 세계에 치이지 말기를, 깨끗하게 벌어 차곡차곡 모아 행복하게 살기를, 착하고 순응적인 인생을 살아가기를 바라는 젊은 부모들의 축원. 그 단순한 낙관적 실용주의가 안쓰럽고, 환상과 현실의 틈새를 교묘히 포착한 출판기획자의 능력에 놀랄 따름이다.

김선희, 『예담이는 열두 살에 1,000만원을 모았어요』, 명진출판사

아침

늦게 일어나도 되는 직업, 이십오 년 뒤 내가 소설가가 된 이유는

내 인생은 지각의 역사로 점철되어 있다. 최초의 지각은 일곱 살 무렵, 정규 교육 과정의 예비군인 유치원생이 되었을 때 발생했다. 아침 해가 점심 해로 바뀔 때까지 이불 속에서 밍기적거리던 아이에게 등교시간의 개념이 있을 리 만무했다. 유치원의 모든 친구들과 똑같은 시간에 똑같은 가방을 메고 모여 일제히 "둥근 해가 떴습니다. 자리에서 일어나서 ……" 같은 노래를 부르며 희망차게 하루를 시작하기에 나는 몹시 게으른 어린이였던 것이다. 사이쇼 히로시의 표현대로 "아침에 늦게 일어나는 사람은 감성적이고 비관적이며 불안"하기 때문일까? 왜 매일 지각하느냐는 교사의 걱정 어린 질문에 그 게으른 꼬마는 "사실은…… 엄마가 밥을 늦게 줬어요!"라는 깜찍한 사실 왜곡까지 감행했다고 전해진다. (늦게 일어나도 되고 마음껏 '뻥'을 쳐도 되는 직업. 약 이십오 년 뒤 내가 알량한 소설가가 되어 삶을 영위하고 있는 것은 어쩌면

우연이 아닐지도 모르겠다.)

대학 입학이라는 인생의 저 빛나는 고지를 향해 낮은 포복으로 빡빡 기던 인문계 고등학생 시절. 데드라인은 AM 7:00였다. 철문은 정확히 일곱 시에 닫힌다. 지각생들을 기다리는 것은 시멘트 바닥에 손들고 꿇어앉아 명상에 잠겨야 하는 치욕의 시간뿐. 도시락 가방을 휘두르며 미친 듯 달리는 등굣길 내내 나는 궁금했다. 6시 59분이나 7시 1분이나…… 도대체 그 차이가 뭐라는 거지? "결국 정신력의 문제입니다." 교장선생은 애국조회 때마다 강조했다. "여러분의 경쟁자는 옆 사람이 아닙니다. 바로 자기 자신! 남이 일곱 시에 일어나면 나는 여섯 시에 일어나고 남이 여섯 시에 일어나면 나는 다섯 시에 일어나야 합니다. 왜? 일찍 일어나는 새가 벌레를 잡으니까!" 아아, 그 고전적인 경구가 다시 21세기 대한민국을 강타하고 있다.

인생을 두 배로 사는 아침형 인간이라니. 일단 '두 배'라는 말에 심히 주눅 드는 게 사실이다. 그럼 나는 인생을 절반만 사는 올빼미형 열등 인간이란 말인가. 사이쇼 히로시는 말한다.

아침을 지배하는 사람이 하루를 지배하고, 하루를 지배하는 사람이 인생을 지배한다. 성공한 사람들은 대개 아침에 깨어 있었던 사람들임이 입증되었다. 야행성 생활이 나의 인생 전체를 나락에 떨어뜨릴 수도 있다. 진정으로 원하던 건강한 삶, 행복한 삶에서 멀어질 수 있다.

그럼 나는 병든 삶, 불행한 삶으로 가는 급행열차를 탔단 말인가. 이쯤에서 와락 겁이 난다. 그러나 희망은 있다. "아침형 인간으로의 변화만이 근본적으로 나를 바꾸고 나의 미래와 성공을 가져다줄 것이다." 친절하기도 하시지, 우리의 저자는 아침형 인간이 될 수 있는 구체적인 생활지침까지 조목조목 일러준다. 그 내용이 구구절절 완벽하다.

아무리 취지가 좋다 해도 지나친 취미생활은 억제한다. 밤 9시 이전에 집에 들어간다. 밤 9시 이후에는 아무것도 먹지 말고 가벼운 목욕과 독서를 한다. 저녁 술자리는 피한다. 불가피한 술자리는 1차만 참석한다. 수면시간은 오후 11시부터 오전 5시를 기준으로 삼는다.

돈 만 원에 이렇게 자상한 카운슬링에 인생 컨설팅까지 받을 수 있다니, 이 험한 세상에 참 쉽지 않은 고마운 일이다. '웰빙well-being'과 '성공,' 현재 한국인이 가장 열광하는 그 두 개의 가치를 절묘하게 동시 충족시키고 있지 않은가? 번역 출간 석 달 만에 십 수 쇄를 찍으며 베스트셀러 목록에 오른 데는 다 이유가 있다. 타고난 불평등의 조건은 존재하지 않는다. 애초부터 더 많은 자원을 가지고 태어난 사람은 없다. 부자 아버지를 둔 사람, 머리가 좋은 사람, 학벌이 좋은 사람…… 그런 세속의 가치는 다 필요 없다. 내가 지금 이 모양, 이 꼴로 사는 이유는 다 '나' 때문인 것이다. 내가, 나를 둘러싸고 있는 모든 안이함과 나태를 극복하고 성실한 아침형 인간으로 환골탈태하는 순간, 나도 '잘' 나갈 수 있다는 믿음! 어제를 정리하고 내일을 설계하는 연말연시에 이보다 더 어울리는 환상이 또 있을까.

그러므로 『인생을 두 배로 사는 아침형 인간』은 자기계발서가 아니다. 적어도 로또복권보다는 유용한 판타지 도서다. 이 실용서 앞에서, 시스템을 스리슬쩍 은폐하고 모든 문제를 개인의 성실성 문제로 환원시킨다는 근엄한 비판은 접어두기로 하자. '행복'의 기준이 무엇이냐 따지는 철학적 질문도, 기계 부품에 기름칠한다고 뭐가 달라지느냐는 냉소도 그만두자.

이 책을 집어드는 사람은 두 부류일 것이다. 이미 일찍 일어나고 있는 스스로의 인생에 위무가 필요한 사람, 그리고 생활 패턴을 바꾸면 이 팍팍한 세상살이에도 돌파구가 생기리라 믿고픈 사람. 그게 뭐 나쁜가? 다 사는 게 어려워서 그렇지. '아침형' 인간이든 '새벽형' 인간이든 '점심형' 인간이든 어차피 처음부터 상관없었을지도 모른다. 문제는 희망의 쓸쓸한 위력이다.

사이쇼 히로시, 『인생을 두 배로 사는 아침형 인간』, 최현숙 옮김, 한스미디어

쇼핑

왜 가지고 싶은지, 왜 쇼핑하는지, 그에게 묻는 것은 어리석다

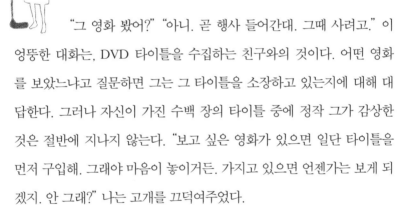

"그 영화 봤어?" "아니. 곧 행사 들어간대. 그때 사려고." 이 엉뚱한 대화는, DVD 타이틀을 수집하는 친구와의 것이다. 어떤 영화를 보았느냐고 질문하면 그는 그 타이틀을 소장하고 있는지에 대해 대답한다. 그러나 자신이 가진 수백 장의 타이틀 중에 정작 그가 감상한 것은 절반에 지나지 않는다. "보고 싶은 영화가 있으면 일단 타이틀을 먼저 구입해. 그래야 마음이 놓이거든. 가지고 있으면 언젠가는 보게 되겠지. 안 그래?" 나는 고개를 끄덕여주었다.

하긴 나는 구두를 백 켤레나 가지고 있다는 사람을 알고 있으며, 세계 각국의 볼펜들을 종류별로 다 사모으고 있다는 사람의 이야기를 들은 적이 있다. 그들에게 왜냐고 묻는 일은 어리석다. 왜 그것을 가지고 싶은지, 왜 그것을 쇼핑하는지 타인에게 논리적으로 설명할 수 있는 경우는 드물기 때문이다. '나는 쇼핑한다. 고로 나는 존재한다'는 명제가

이미 낯설지 않은 이 시대에 쇼핑은 단순히 '구매'의 문제가 아니다. 무엇을 쇼핑하는지 알면 그를 알게 된다. 쇼핑은 한 인간이 누구인지를 설명해 주는, 심지어 존재론적 문제일지도 모른다.

『쇼핑의 유혹』(원제 I want That)은 쇼핑의 문화사를 통해 그에 얽힌 인간의 욕망을 응시하는 책이다. 저자 토머스 하인은 원시인들이 들고 다니던 돌도끼에서부터 현재의 명품 브랜드까지, 고대 아테네 시장으로부터 오늘날 인터넷 쇼핑몰에 이르기까지 역사의 다양한 사례를 짚어가며 그 안에서 인간이 가지는 구매욕의 본질을 파악하고자 한다. 그에 의하면 쇼핑과 관련하여 현대인의 심리 중에서 주목할 만한 것은 파워, 즉 힘의 문제이다. 그것은 자신의 권위를 주장하고 가치를 증명하는 것을 뜻한다.

혼자 걷기도 힘든 노파가 거대한 할인매장을 방문한 에피소드는 적확한 예다. 노파는 말한다. "그냥 외출해서 간단한 쇼핑을 하고 싶었죠." 그녀는 물건을 구입한다는 것보다 스스로 외출하여 스스로의 힘으로 물건을 고른다는 데에 더 큰 의미를 부여하고 있었다. 이 경우에 쇼핑 행위 그 자체가, 그녀가 무엇을 사느냐보다 훨씬 중요하다. 사실 상점의 물건을 선택할 수 있는 능력이 곧바로 우리를 진정한 독립인으로 만들어주는 것은 아니지만, 적어도 자신이 독립적인 한 개체라는 '자율성의 느낌'을 안겨준다는 게 저자의 지적. 썩 날카로운 통찰이 아닐 수 없다.

우리가 옷을 입어보거나 물건을 써보는 행위는 우리의 정체성을 시험하는 것이다. 2, 30년 전만 해도 점원들은 손님에게 '정말 딱입니다' 라는 말을 함으로써 물건을 사도록 만들었다. 하지만 오늘날 소비자들은 화려한 패션 잡지를 보고 할인제품 매장의 옷을 뒤적거리면서 오히려 자신을 향해 '정말 내가 딱일까?' 라고 반문한다. 우리가 처음 연애할 때 연인의 눈을 보면서 '정말 내가 딱 맞을까?' 하고 의심하는 것처럼 말이다.

책을 읽어나가다 보면 쇼핑은 '나는 이런 사람' 이라는 자신의 정체성에 대한 확신이며, 책임과 자기표현, 소속감을 드러내는 사회적 기호라는 지은이의 예리한 성찰에 대하여 별 반감 없이 동의하게 된다. 특히 한 소녀의 손때가 묻어 있는 50년대의 우편주문 카탈로그를 통해 쇼핑이 대리만족의 소망인 동시에, 놀이이며 정체성 연습 대상임을 밝혀내는 에피소드는 빼어나다. 박물관의 폐업 세일에 혹해서 평소 아무 관심도 없던 웨지우드 도자기를 구입하러 빗속을 뚫고 달려간 저자의 개인적 경험담 등이 군데군데 박혀 있어 독서의 가독성을 높이고 읽는 재미를 주는 것도 사실이다.

다만 한 가지, 마음에 걸리는 부분은 제2장이다. 이 챕터의 제목은 '책임' 이며, 부제는 '여성은 왜 쇼핑을 진지하게 생각할까?' 이다. 저자의 가정은, 여성이 남성에 비해 쇼핑을 과도하게 즐기고 또한 쇼핑 행위를 진지하게 여긴다는 것이다. (여성이 진지한 구매자가 된 과정을 설명하는 부분에서 '남녀 뇌 구조의 연구 결과' 가 등장하기도 한다.) 그런데 여기서 저자는 "여성은 쇼핑을 삶의 중요한 몫으로 여기지만, 남성에게 쇼핑은 다급할 때만 행하는 예외적인 행동일 뿐이다"라고 못 박는다. 하지만 성별이 정말로 다른 모든 변인에 우선하는 요소인가? 자꾸 갸웃거리게 된다. 쇼핑을 즐거워하는 남자, 즐거워하지 않는 여자는 현실 속에 얼마든지 존재하기 때문이다.

또 여성의 소비 행위가 모성애와 양육과도 깊이 연관되며 사랑 · 헌신 · 희생 등의 이타적 가치와도 결부된다는 부분에서는 아무리 의식하지 않으려 해도 저자의 '보수적 세계관'이 드러나 불편해진다. 잰 체하지 않는 포즈로 이 정도 수준의 대중적 교양서를 만들어낸 내공을 인정하기에, 아쉬움이 더 크다.

토머스 하인, 『쇼핑의 유혹』, 김종식 옮김, 세종서적

장난

책장에 가지런히 꽂힌 추리소설들 대부분은 내 인생의 침체기에 읽혀졌다

일상을 둘러싼 여러 일들이 칡넝쿨처럼 복잡하게 얽혀버렸을 때, 머리가 빠개질 것처럼 아프고 몸이 바닥을 향해 한없이 곤두박질 칠 때, 여러분은 무얼 하시는지? 나는 추리소설을 읽는다. 애거서 크리스티의 고전들부터 미야베 미유키의 신간까지, 책장에 가지런히 꽂힌 추리소설들 대부분은 내 인생의 침체기에 읽혀졌다.

이유는 분명하다. 위로가 되기 때문에! 우선, 추리소설을 읽고 있으면 현실이 감쪽같이 잊힌다. 현실보다 강도 높은 '그곳'의 가상 사건에 몰입하는 동안, 내게 닥친 '이곳'의 일들쯤이야 시시콜콜하고 하찮은 애들 장난으로 여겨지는 거다.

세상의 모든 추리소설들은 결국 범인이 잡히면서 끝난다. 사건의 진상이 도무지 오리무중이라도 상관없다. 성실한 근성과 합리적 이성, 명쾌한 논리로 무장한 우리의 탐정(혹은 탐정 역할을 맡은 누군가)이 떡 버

타고 있으니까. "범인은 바로…… 당신이야!" 한낱 무력한 독자로서 우리는 바로 이 순간이 올 것을 믿어 의심치 않는다. 수많은 역경을 딛고서 종내는 범인이 지목되어야만 한다. 탐정의 멋진 활약을 조마조마한 심정으로 지켜보던 독자는 그제야 휴우, 긴 안도의 한숨을 내뱉는다. 악의 근원이던 '나쁜 놈'이 색출되었으니 이제 우리의 세계는 다시 안전하게 복원되고 아무 일 없었다는 듯 평안해지리라 꿈꾸면서.

이 환상을 부순다는 점에서 『모두가 네스터를 죽이고 싶어한다』의 작가 카르멘 포사다스는 잔인하다. 겉보기에 소설은 추리물의 외투를 입고 있다. 한 사내가 살해당한다. 범행 장소는 외딴 시골 별장의 주방 영하 30도의 냉동고 안. 범행 시간은 새벽 네 시. 피해자는 네스터라는 이름의 요리사로 전날 밤 파티에서 멋진 정찬과 달콤한 초콜릿 과자를 만들어냈던 사내다. 타인들의 치명적 비밀을 너무 많이 알고 있는 사내이기도 하다.

그런데 이 소설, 묘하다. 추리소설을 읽는 중이라면 응당 범인이 누군지 알고 싶어 애타야 할 텐데 (나처럼 참을성 없는 독자는 슬쩍 마지막 장을 넘겨보곤 해야 정상일 텐데) 범인이 누군지가 별로 궁금하지 않다. 제2의 사건이 벌어질까 가슴이 조여오지도 않는다. 다분히 작위적인 불안감에 탐닉하는 대신, 나도 모르게 조용히 마음 한구석이 아파온다. '불안은 영혼을 잠식한다'는 것을 여실히 드러내는, 대책 없이 이기적인 인간들, 이 가여운 용의자들의 인생 때문에.

우울한 장마철 쉽게 기분 전환할 만한 가벼운 추리물 하나 추천해 달라는 요청을 받으면 선뜻 이 책의 이름을 말하기 어려울지도 모른다. 그러나 어이없는 신의 장난, 위선적 욕망과 끔찍한 비밀, 은밀한 죄책감에 관한 한 편의 재미있는 소설을 읽고 싶다면 그때 이 책을 권하겠다. 근데 죄 없는 요리사 네스터를 냉동고에 가둔 건 대체 누구 소행이냐고? 아, 글쎄, 그런 건 중요하지 않다니까. 다만 모두가 네스터를 죽이고 싶어 했을 뿐!

카르멘 포사다스, 『모두가 네스터를 죽이고 싶어한다』, 권도희 옮김, 웅진지식하우스

성

언제 그것에 대해 진지하게 이야기를 나눈 적이 있었던가

세 명의 남녀가 자신들의 성적 체험에 대해 차례로 고백한다. 한 명의 남자와 한 명의 여자는 부부 사이이며, 또 한 명의 남자는 사제司祭다! 배경만으로도 독자의 즉물적인 관심을 끄는 이 책은 매우 적절한 타이밍에 도착했다. 성 담론에 관한 한 지금 한국 사회는 가히 뜨거운 용광로가 아닌가.

젊은 남녀의 동거를 다룬 공중파 드라마가 최고의 인기를 구가하고 있고, 여자 연예인들의 누드 사진집 출간이 붐을 이루고 있으며, 인공낙태는 더 이상 놀라운 화젯거리도 아니다. 성이라는 메타포는 이제 은밀한 사적 영역을 벗어나 개인의 일상적 정체성을 구성하는 핵심 요소가 된 것처럼 보인다. 그러나 드라마 속의 동거남녀는 그 부모로부터(정확히 말하면 여자의 부모로부터) 결혼각서에 도장을 찍으라는 압력에 시달리고, 헤어 누드의 여배우들은 단지 '예술'을 위해 벗었을 뿐이니 음흉

한 시선은 거두라고 요구하며, 미혼여성들은 스스로의 임신중절 경험에 대해 입도 뻥긋하지 않는다.

이런 풍문과 모순의 시대에 『성을 말하다』는 그 간결한 선언투의 제목처럼 밝고 반듯한 방식으로 핵심에 접근하고 있다. 세 명의 필자는 각 장에 제시된 주제에 따라 자신들의 체험을 이야기한다. "내가 처음 성을 자각했을 때는?"이라는 질문에 대해 '짐'은 열 살 무렵 누드 잡지를 보고 느꼈던 흥분과 죄의식을 담담히 술회하고, '잰'은 동성 여자아이와의 애무 경험에 대해 고백한다.

「혼전성교」의 장에서는 "짐과 내가 결혼할 때 우리는 동정이었지만 그 전에 얼마나 섹스를 하고 싶었는지 모른다"고 말한다. 그리고 "우리가 이렇게 준비하고 기다린 것은 그 뒤에 변치 않는 신뢰 관계를 만드는 데 도움을 주었다"고 결론 내린다.

친구 부부와 함께 이 책을 기획하고 집필한 크리스토퍼 스팔라틴은 천주교 예수회 신부이자 38년 동안 서강대 철학과 교수로 재직하고 있는 미국인이다. 그는 '결혼 준비 특강'이라는 강좌를 개설, 토론식 수업을 통해 학생들이 로맨스와 섹스, 결혼 등에 대한 가치관을 정리하고 개인적 경험을 공론화하는 훈련을 하도록 가르쳤다. 다음과 같은 그의 진술은 이 책의 주제를 명백히 함축하고 있다. "내가 먼저 마음을 열면 학생들이 점차 자신감을 갖고 참여하기 시작한다. 이러한 시도가 새로운 공동체를 만드는 좋은 예가 되었으면 한다."

과연 우리에게 성은 무엇인가. 우리가 언제 성에 대한 진지한 이야기를 나눈 적이 있었는가. 이 시대에 성은 인간을 지배하는 또 하나의 이데올로기가 된 것은 아닌가. 꼬리를 무는 의문 속에서 이 책은 자신의 육체를 사랑하는 일이 곧 삶을 사랑하는 일임을 조곤조곤 낮은 목소리로 일러준다. 다만, '건전한 결혼제도' 너머의 이슈들—매매춘, 포르노그래퍼, 동성애 등등—에 대해서 진지하게 고민해온 사람들은 이 책의 문제의식이 지나치게 가볍다고 생각할지도 모를 일이다.

잰 스쿤메이커 알렌, 제임스 알렌 주니어, 크리스토퍼 스팔라틴, 『성을 말하다』, 황애경 옮김, 부키

짐승

아흔아홉 번의 살인을 저지른 감성적 킬러

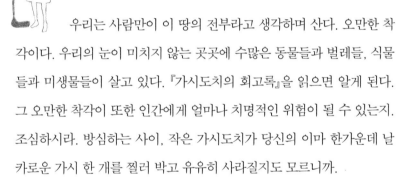

우리는 사람만이 이 땅의 전부라고 생각하며 산다. 오만한 착각이다. 우리의 눈이 미치지 않는 곳곳에 수많은 동물들과 벌레들, 식물들과 미생물들이 살고 있다. 『가시도치의 회고록』을 읽으면 알게 된다. 그 오만한 착각이 또한 인간에게 얼마나 치명적인 위험이 될 수 있는지. 조심하시라. 방심하는 사이, 작은 가시도치가 당신의 이마 한가운데 날카로운 가시 한 개를 찔러 박고 유유히 사라질지도 모르니까.

소설의 배경은 '세케팡베'라는 이름을 가진 아프리카의 어느 부족마을. 소설은 일인칭 화자 느굼바의 육성으로 전개된다. 그는 인간에 의해 '야생짐승'으로 명명되는 가시도치이다. 온몸이 가시로 뒤덮인 포유류의 일종일 뿐이라고 무시하면 오산이다. 그는 자신을 야생짐승이라고 부르며 마치 자기들은 야생적이지도 짐승 같지도 않다는 듯이 상대적 우월감을 느끼는 인간들을 비웃는다.

아프리카에는 사람에게 '해로운 분신'과 '평화의 분신'이 있다는 속설이 있다고 한다. 느굼바는 주인인 키방디의 '해로운 분신' 노릇을 하도록 운명지어진 존재다. 그는 키방디의 명령에 따라 아흔아홉 번의 살인을 대신 저지른다. 살의는 사소한 이유들로부터 비롯된다. 청혼을 거절당할 것 같아서, 꿔 간 돈을 갚지 않아서, 사람은 사람을 죽이기로 마음먹는 것이다. "한 인간이 다른 인간을 잡아먹을 때는 반드시 구체적인 이유가 있다. 질투, 분노, 시기, 모욕, 존중의 결여 같은 이유들 말이다." 제삼자의 시선을 통해 드러나는 적나라한 인간사가 우스꽝스럽고 서글프다.

소설은 주인이 죽은 뒤 홀로 도망친 가시도치가 바오바브나무에게 들려주는 이야기의 형식을 띠고 있는데, 어쩔 수 없이 킬러의 숙명을 타고난 느굼바의 고뇌와 비애에 집중해 보면 한 감성적 킬러의 고백으로 읽히기도 한다. 또한 범인을 밝히기 위한 무당의 굿이나, 억울하게 죽은 사체를 담은 관이 장례식에서 아기 캥거루처럼 껑충껑충 뛰어오르는 장면들에 대한 묘사는 그 자체만으로도 흥미진진한 민속지가 된다.

콩고 출신의 작가 알랭 마방쿠는 이 책을 불어로 썼다. 어릴 적 어머니가 들려준 민담을 바탕으로 한 고향 아프리카의 이야기로 작가는 프랑스 문단의 권위 있는 문학상인 르노도상을 받았다. 인간과 동물, 제국과 식민지, 살인자와 피해자라는 이중적 경계를 자유로이 넘나들며 그 선을 무너뜨리는 잡종hybrid적 상상력이 놀랍다. 프랑스라는 '제국'의 언어를 마음껏 가지고 놀면서 모국의 구전口傳에 오마주를 보내는 것,

글 쓰는 자만이 만끽할 수 있는 축복과 해방의 순간이다. 작가는 맨 마지막에 말한다. "사람과 동물 가운데 과연 어느 것이 진짜 짐승입니까? 엄청난 의문입니다!"

알랭 마방쿠, 『가시도치의 회고록』, 이세진 옮김, 랜덤하우스코리아